U0918784

西棒槌

杨葵

CNS PUBLISHING & MEDIA 中南出版传媒
湖南文艺出版社 HUNAN LITERATURE AND ART PUBLISHING HOUSE
博集天卷 CS-BOOKY

图书在版编目（CIP）数据

西棒槌 / 杨葵著. —长沙：湖南文艺出版社，2012.1
ISBN 978-7-5404-5256-8

Ⅰ. ①西… Ⅱ. ①杨… Ⅲ. ①随笔—作品集—中国—当代 Ⅳ. ①I267.1

中国版本图书馆 CIP 数据核字（2011）第 245726 号

西棒槌

作　　者：杨　葵
出 版 人：刘清华
责任编辑：丁丽丹　刘诗哲
监　　制：刘　丹
特约编辑：沙玲玲
营销编辑：刘智慧
装帧设计：李　洁
出版发行：湖南文艺出版社
（长沙市雨花区东二环一段 508 号　邮编：410014）
网　　址：www.hnwy.net
印　　刷：北京盛兰兄弟印刷装订有限公司
经　　销：新华书店
开　　本：787mm × 1092mm　1/32
字　　数：122 千字
印　　张：7
版　　次：2012 年 1 月第 1 版
印　　次：2012 年 1 月第 1 次印刷
书　　号：ISBN 978-7-5404-5256-8
定　　价：21.00 元
（若有质量问题，请致电质量监督电话：010-84409925）

自　序

这是《东榔头》的姊妹书。《东榔头》里的文章与过日子有关，《西棒槌》是讲阅读。分两部分，一二辑是与阅读有关的泛泛而论；三四辑是从具体一本书说起，讨论阅读、写作等问题。

早已过世的哈佛大学教授布利斯·佩里说过，所有文学形式中，最灵活的莫过随笔，而有一个主题，人类对之有着持久的兴趣，随笔作家更是永远对之情有独钟，总能找到新东西可说，就是“书”与“读书”的主题。

真是如此。以我个人经验，阅读时最爱思考，所以往往享受一本好书之后，总觉有话想说，这就是这本小册子里文章的由来。

塞缪尔·约翰逊的《英文字典》里，把随笔定义为

“头脑的一次放松突围；不规则的杂乱篇章；既不正规、亦无条理的文章。”

后来又有作家扎布里斯基受塞缪尔·约翰逊“突围”定义启发，追加定义道：“随笔就是一些收集起来的笔记，指示了一个主题的某些方面，或暗示了关于它的某些想法……它不是一次正式的围攻，而是针对这一主题的一连串的袭击、尝试或努力。”他把随笔作家称作文学的短途旅行者，文学的垂钓者，是沉思者而不是思想者。扎布里斯基还说，德国人的思维不适合随笔，因为德国人不满足于仅仅突袭一个主题，不满足于仅仅到此一游；他们一定要从头到尾把一个主题研究透彻，离开的时候它应该是一片被彻底征服的领地。

我绝对无意用什么指示、暗示、沉思来美化这些文章，我更不是德国人——虽然我写这篇自序时，正在慕尼黑旅行，我的阅读东一榔头西一棒槌，杂乱无章，全凭兴趣，毫无线索可归纳。抄了这么多书当序言，只想见贤思齐，也来发动一次对于阅读的“突袭”——想想总可以吧。更实在的，是解释为何取了这样一个书名。

目 录

第一辑

第二辑

第三辑

第四辑

第一辑

闲读书，读闲书

说来惭愧，题目上这几个字，竟是我一直向往的读书生活。说向往，是因为越来越难做到了。

索性不曾有过这样的日子也就罢了，但是曾经拥有，所以一想起来，就像从小康之家已逐渐堕落成赤贫之人，禁不住要怀念往昔幸福时光。

那是上学的时候，经常逃课，上午睡到十点多，宿舍里的同学早在两小时前就已飞奔教室，我在空无一人的大水房刷牙洗脸，每个小动作都荡出悠悠的回声。洗漱完毕跑到图书馆，顶天立地数排大书架间，我像个将军检阅自己的士兵。找着可心的，揣回宿舍躺着看。常常发现，可能那些书太闲了，为众人所不屑，书都簇新簇新的，书后插着的借阅卡雪白无痕。

我所谓的闲书，按传统图书分类法，就是经、史、子、集里边的“集”。前三类大多厚重、深奥，是要学以致用的，读不出闲来。就是“集”，到我这儿，还专门要挑那些边三角四的，比如唐宋笔记、明人小品。

说起来，现在也不读什么经、史、子，仍然读集为主，但书闲只是一方面，人不闲，读不出真正的闲。

这是个向前冲的时代，人人都在名利的旅途奔波，我也身在其中，无力挣脱。古人说，浮生难得半日闲，这话搁我这里，要改成浮生难得半“时”闲更恰当。退一步说，即便真有了闲，可逍遣的场所多了，剧场、酒馆、音乐厅，这人拽那人拉的，不自觉两脚就往那儿挪了。

可在心底，还是向往闲读书、读闲书的宁静与自在。

倏忽就有今天，忙里偷闲，半躺床上读闲书，清朝李伯元的《南亭笔记》。读一会儿眯瞪一会儿，醒了继续读，舒服死了。窗外突然有暴雨倾盆而下，跑到阳台上看雨。看厌了，再回来，接着读。读到高兴处，点根烟，因为空气湿润，烟也不觉那么干了，抽着顺心。不知不觉中雨停了，天晴了，想起辛弃疾的词：千峰云起，骤雨一霎儿价，更远树斜阳，风景怎生图画……只消山水光中，无事过这一夏。午醉醒时，松窗竹户，万千潇洒，野鸟飞来，又是一般闲暇……

有时也觉得，这样贪恋闲暇有遗老遗少之气，与新时代不符，招人厌吧？而且不求上进没有斗志。读闲书能读出什么学问呢？一麟半爪雕虫小技而已，不刻苦攻读系统学习，害臊还来不及，还好意思这儿说三道四。可是再想想，我的职业是编辑，早有前辈指出，编辑应该致力做杂家，闲读书、读闲书对我做杂家还真有帮助。最重要的是它让我快乐，这就足够。更何况有时雕虫小技里，也能读出大气魄。《南亭笔记》中记载了纪晓岚为某戏馆撰写的一副对联："尧舜生，汤武净，五霸七雄丑脚耳，汉祖唐宋，也算一时名角，其余拜将封侯，不过掮旗打伞跑龙套；四书白，五经引，诸子百家杂曲也，杜甫李白，能唱几句乱弹，此外咬文嚼字，都是求钱乞食耍猴儿。"

王朔曾经开玩笑："聪明人有一个特点，就是善于把无价值的事做得有声有色，在玻璃鱼缸里游泳也有乘风破浪的气魄。"我不敢自诩为聪明人，但这话很像是在说"闲读书、读闲书"。

启蒙年代的杂志

上世纪七十年代末至八十年代末，可谓中国现代史上第二个启蒙年代。全社会经历这场阵痛的时间，恰巧涵盖我整个学生时代。

搜寻这段记忆，固然很多与启蒙相关的亮点，上中学时憋在一间漆黑小平房里油印地下刊物；八十年代初读到斯宾塞《理想的冲突》，看到马克思仅是众多思想家之一员，和他们居然是并列关系，真有井底之蛙蹿出深井，终于得见辽阔天空的天翻地覆。可是，这些个人成长史上的大事，我没兴趣写，倒是想写一些小细节，它们与杂志有关。

小时候，我生活在苏北一个县城。像当时中国绝大多数县城一样，它由两条十字形马路构成。其中一条路上，除了县革委会、县政府、百货公司、五金公司这些必备建筑外，还有一家新华书店。我在里面买过作业本，买过毛、华两任主席像。小学五年级时，还买过有生以来读的第一本长篇小说。1978年秋天，我在那里关注到一本杂志，《文艺报》。

《文艺报》现在是报纸，1978年刚复刊时是以杂志形式出现的。关注它是因为，这份杂志与我父亲有关。当时遍处可见一本大红封面的《读报手册》，内有很多时政名词解释。我在上边找到过父亲的名字，位列“丁陈反党集团”条目之下，他在里头的名号叫“喽啰”。而这个集团的“反党阵地”，正是《文艺报》。

那年我十岁，穷人的孩子早当家，上小学时经常有人在背后指指戳戳地议论，让我过早地明白一些世事。我知道，家庭有问题，父亲有问题，《文艺报》有问题。所以看到《文艺报》又赫然摆在新华书店的书架上，懵懵懂懂地觉得，可能是件好事。

当晚回家向父亲报喜讯，不料他反应很淡。现在想来，他们那代人对这类风吹草动，以及其中隐藏的种种“密电码”，从来就没放松过警惕，想必早已知晓此事，并在心里琢磨了八百多个来回。不管他反应如何，反正我当天晚上为这件新鲜事莫名兴奋，也从此把那杂志封面上集鲁迅字而得的刊名模样，牢牢地印在脑海。

来年父母落实政策回北京。于我而言是到北京，对他们，却是回北京。据说重新安排父亲工作时，他提条件：除了《文艺报》，去哪儿都行。伤心之地，避之唯恐不及。于是被组织另派任务，筹备老牌杂志《新观察》的复刊。

办杂志的同行之间，向来有互相赠阅的传统，所以从我到北京后，很长一段时间父亲每天回家，包里都有没拆封的杂志。每天傍晚，父亲一进家门，我都会迎上去抢他手里的包，并非孝敬长辈的礼数，是要立即掏出那些报刊，挨个儿拆开翻翻。

当时的杂志极少异型开本，一律小十六开，横向对折，装在牛皮纸信封里，信封上必有红色刊名，多是毛体。《新观察》是中国作家协会主办，所以赠阅的杂志，也多属各省作家协会出品。当时差不多每个省，至少都有一本文学类刊物，通常叫“××文艺”，或者“××文学”，云南的《边疆文艺》、湖北的《长江文艺》、黑龙江的《北方文学》，等等。也有个性化的刊名，听起来都很宏大，《收获》、《十月》、《当代》、《清明》等。

特别喜欢一个刊名：《芒种》，河南省文联办的。当时没想过为什么喜欢，现在回想大概原因有二：一是从小酷爱那首节气歌谣：“春雨惊春清谷天，夏满芒夏暑相联……”朴素的音韵节奏，以及其中隐含的逝者如斯的气氛，分外诱人。芒种是二十四节气之一，所以有亲切感。二是当年曾经盛传一个故事，说毛主席派警卫员给农民兄弟送芒果。这故事曾经引起我不少无端的美好遐想。只因同有一个“芒”字，常常把芒种与芒果混淆，无意识地觉得美好。少年的心思就这样，飘忽不定，莫名其妙，但总是美好妖娆。

上初中的时候，学校在南河沿，《新观察》杂志社在王府井，穿小胡同过去，走路不过十分钟，所以经常中午去那里蹭饭。有时下午放学早，也去等着和父亲一道回家。著名的四联理发店旁边，一扇朱红大门，挂着红底白字的门牌号：王府井大街190号。进去有条小甬道，两边散落几间简陋平房，里边二三十号人，就是杂志社的全部了。

杂志社的编辑年龄普遍偏大，不像现在年轻人居多，《新观察》编辑部基本都是四五十岁往上的人。年轻人也有，赵振开是其中一个，当时还不知道他笔名叫北岛。很多年后他从美国归来，和他在一个饭局相遇，问他还记不记得当年常在编辑部乱窜的一个少年，他说没印象了。

还有一次去杂志社，碰上胡乔木来参观。我在一间空屋里做作业，隔壁，胡坐在一张老式办公椅上，靠着墙，杂志社人围着他，或坐或站很随便。胡表情松弛口若悬河，风趣幽默，现场不时爆出笑声。还记得胡讲，《新观察》就是要天文地理、花鸟鱼虫，无所不谈，这样人民群众才喜闻乐见。要说这样的谈话内容也很严肃，不过现场气氛始终亲切热烈，像一群同事互相聊天，颇具八十年代初社会风气的淳朴特征。等我九十年代也做了编辑，也时有领导干部来编辑部视察，表情那是真正严肃。领导作指示，不苟言笑，下边只有笔在纸上记录的沙沙声。

上高中后，像绝大多数青少年一样，我开始热衷于写作。和绝大多数青少年不一样的是，我还对编辑工作感兴趣，当然是环境影响所致——周边的长辈们大多编辑出身。父亲看出我这爱好，没鼓励，也不打击，听之任之。不过渐渐地，他开始让我帮他抄抄稿。

那时书、报、刊都是铅排，工厂用来打校样的纸很薄，改动大，很容易密密麻麻满篇被改花，这时就需要将稿件重抄一遍，再交给排版车间。我儿时写过几天大字，抄稿时老想把字写得漂亮。父亲对我说，抄稿子、校对、编辑，首先要把字写规矩，所有人能看懂，有这前提再求字漂亮。现在想来，如果说后来我还算个合格的编辑，父亲这段话，就是我的编辑课程Lesson One。我至今写字很少连笔画。

大学住校，家里的杂志很少看了。不过从那时起，开始自己买杂志。当时喜欢的有《读书》、《外国文学动态》、《世界文学》、《外国文艺》。每隔一段时间，会专门跑到六部口邮局买一趟这几种杂志。当时街上少有报刊亭，报刊的主要销售点是邮局。

1987年，我第一次在杂志上发表作品，一篇卞之琳的诗评，那本杂志叫《中国现代文学研究丛刊》。1988年秋，我在北京师范大学读大四，学分已在前三年修满，又因有论文获奖，得到免写毕业论文的优待，每天晃晃悠悠，无所事事。《文艺报》的一位老大姐找到我，说中国文联出版公司有一本刊物《四海》，想外聘一个年轻的编辑，问我有兴趣否。

《四海》杂志有个啰唆的副标题，叫“港、澳、台及海外华文文学”，我对这主题兴趣不大，但还是答应了，因为我对编辑、出版有兴趣。这样，我在二十岁的时候，成了一个杂志社的实习编辑，开始学习组稿、初审稿件、发稿，还学着去做很多类似领样刊、寄样刊、数字数、发稿费这样的编务工作。有意思的是，我也开始和一些同行互赠自己参与编辑的杂志。每次从收发室拿到交换来的杂志，我都会忆及当年从父亲包里往外掏杂志的场景。更巧的是，我最早关注的一本杂志是《文艺报》，而此时的《文艺报》社，就在《四海》杂志社的楼上。

1989年，我大学毕业，到作家出版社报到上班，成了一名正式的文学图书编辑。我的少年时代从此结束。整个社会的启蒙年代也烟消云散。

包书皮儿

现在的书越做越高级，不是精装，也常常加个套封，就是活动的、绕书一周套着的那物件。高级不一定就好，至少在我看来，目前的套封大多花里胡哨，没几个做得好看，所以买到这样的书，一般都把套封摘了扔了，清净。

早些年，却是没有套封还上赶着要包一层。上小学时，语文、算术、图画、常识，但凡是课本都找张旧报纸包上，不图好看，只表示爱惜。那会儿报纸少，报纸上又有好多内容，比如领袖的名字、画像，都犯忌讳，所以大家用来包书皮儿的选材，经常是同一张《人民日报》或者《参考消息》。课堂上哗啦哗啦一翻开，和当时全中国人民一水儿黑蓝衣着有着惊人的神似，像兵营，也算内容和形式相统一。

后来长大些，知道爱美了，市面上挂历、画报什么的也日渐丰富，就开始把书包得五颜六色。会去琢磨扯哪一页画报，哪一面朝上，哪一截儿露出来最漂亮。在这事上花时间，丝毫没有浪费光阴的惭愧，更没有重复劳动的不耐烦。

开始大批量买书、包书皮儿，是“愤青”时代，一切以标新立异为准则，再好看的画报，都翻过来白底当面。更喜欢的是牛皮纸，因为觉得愈显拙劲儿。拙，几乎是每一个愤怒文艺青年的偏爱。现在回想起来，其实用牛皮纸包书皮儿的人多了，自己这所谓标新立异，其实只是对自己的一个反叛。跟自己较劲，拧巴自己，也是一件每个愤怒文艺青年都乐此不疲的差事。

一度，书柜里除了白皮书，就是牛皮纸，薄厚不一的书脊上，是自己当书法来写的书名、作者名。又一度，看到孙犁老人著名的“书衣文录”心生艳羡，也开始模仿，蝇头小楷，在书皮儿上写点乱七八糟半文不白的句子，觉得特别有范儿。

再后来青春期结束了，一天在家闲待翻书柜，看那些书皮儿，以及书皮儿上的字，脸红心跳，觉出自己的画蛇添足、浅薄可笑，觉得书皮儿对那些书来讲，完全是个累赘。趁无人看见默默忙了一宿，把那些书皮儿统统拆了扔了。

事到如今，又觉得对那些书皮儿，全盘否定一刀切，也还是一种较劲，像作家的悔其少作，毕竟是自己的一份“作”，该留的留，该扔的扔，不文过，不饰非，也许是更平和明智的成熟人生态度。何况就是包个书皮儿，远远谈不上什么过和非。

从包书皮儿这么件小事中，可以看出自己的成长轨迹，也能看出心智的日渐健全，里边还隐含着社会变迁的一鳞半爪，挺有意思的。不过我从这么小的事引申出这么大的结论，这副寻微知著、以管窥天的架势，本身也有点像包书皮儿，脱裤子放屁。

为书籍，我的前半生和姥姥的后半生

喜欢整整齐齐，所以经常收拾书柜。早两年书籍开本不那么花样繁多，每次整理，有本书因为开本别致老是鹤立鸡群，就是绥青的《为书籍的一生》。我也四十出头了，人生大致过半，总结起来，也算过了个为书籍的前半生。

常常觉得光阴如白驹过隙，自己每日都在经历沧桑，可是多年老友重逢，问起来，这些年可好吗？答案总是千篇一律：还是老样子吧，买书，念书，编书，写书。后两者是工作，前两者是打发业余时间的方式。千头万绪，一旦归纳，竟也如此简单。不过其中隐去多少日常生活的辛酸无奈，自己明白。不是不可说，是无从说起。

这话也似有不妥，好像要把书籍和日常生活对立起来。其实书籍早已成为日常生活中不可或缺的一部分。想起好多年前，姥姥从乡下来，看着我满屋花花绿绿的书，小声抱怨：买这么些书，顶个吃还是顶个穿？我想告诉她，别小看这些书，它会左右人的心情，影响人的喜怒哀乐。可是我没说，因为姥姥不识字，跟她聊心情，徒增她的困惑。

说到姥姥，我是由她带大的，不过我对她的感情很复杂，既爱且恨。爱是当然的，说到恨，也与书有关。“文革”中，父亲因文字罹祸，被下放到苏北一个县城，因为之前从事的工作与书报刊有关，所以家里有不少劫后幸存的书籍。当时姥姥为了带我，从河南老家赶到苏北，担起洗衣做饭重担。我们当时住在黄河故道边，离废黄河只百米之遥，姥姥去洗衣服，我喜欢跟着去河边跑跑跳跳。有一天，突然发现姥姥洗衣服时，鬼鬼祟祟地往河里扔东西，定睛观瞧，竟是一本本书。

再去河边，老觉得自己是在盯特务的梢，这个特务就是姥姥。而姥姥不觉察，一如既往地扔。每次带几本掖在衣服底下，悄悄塞入水中。时间不长，家里摇摇晃晃的寒碜书架上，几近空空荡荡。

多年后才明白姥姥那样残忍，是为保护父母不再挨批斗的一片苦心，但是每当想起跟着姥姥从河边回来，总要面对的爸爸心知肚明却又万般无奈的痛苦表情，又会恨上心头。

父母带着我们迁回北京后，姥姥回了河南老家。开始几年不时来小住，后来渐渐上了岁数，懒得动，就不来了。我对她本来就有点怨恨，所以来不来的，也越来越不在乎。今天突然想起自己与书籍这个话题，不禁联想到，在我这里总结出个“为书籍的前半生”，可在姥姥那里，前半生颠沛流离，拉扯儿女，历尽艰辛，后半生突然为书籍做了“特务”，而且是那样一种情境，她对书，会得出什么样的结论呢？她肯定希望这辈子再也别跟书打交道了，因为它们让人不快乐。

两箱书

有几年心不定，生活动荡，老也安不下个家。人苦不算，连累一些书跟着颠沛流离。其中有两整箱书一直没拆封，一箱《金庸全集》，一箱《百年百种优秀中国文学图书》。前者是从小到大的喜爱；后者是我参与策划、组织编选的一套资料，有实用价值，也一直当宝贝。它们先是被我藏在办公室一角，后来怕人误拿，又寄存在一个资料室，又从资料室运到暂住处，还差点从北京的暂住处寄到另一个城市的暂住处。

每次在不同的书店看到这两套书，都会心头一紧，想到那两箱书原本名门出身，光明正大，生生被我害得好像见不得人，始终憋屈在阴暗角落。

像要了却一桩夙愿，后来搬家第一件事就是赶紧买了书架，择了个风和日丽的晴天，洗净双手，将两箱书拆包上架。手下动作小心翼翼，心头却有酣畅淋漓之感。《碧血剑》、《射雕》、《飞狐》、《笑傲》、《书剑》、《天龙八部》、《官场现形记》、《死水微澜》、《四世同堂》、《红旗谱》、《白洋淀纪事》、《棋王》……仿佛一轴文学长卷在眼底逐寸展开，我几乎是逐一地摩娑它们，像个农民秋收季节捧起颗粒饱满的庄稼。

逐本并排插好，坐在一边仔细端详，心思一时竟散漫得不着边际。想到历史长河，想到出版事业，想到一些逝去的故人，还想到人生。突然觉得这两套书很有象征意味，《金庸全集》象征闲散的日常生活，《百年百种》则象征自己致力的事业。当然，这种不着四六的胡思乱想，只是一瞬间心思的出离，很快人就恢复常态。不过从中发现自己仍然会为书籍而有兴奋，有喜悦，一丝欣慰在心尖闪过。

买书、出书、编书、写书，和书打了半辈子交道，对于书这东西渐渐有点麻木。年少时天天幻想坐拥书城，过一种与书籍相伴而老的生活。不知何时起，觉得那样的生活也就那么回事，没多大乐趣。后来甚至认为，人一辈子大可不必读那么多书，尤其是诗歌小说，里边过于纷乱激烈的情感，看得太占脑子，容易招人疯癫。坐拥书城本是为求心清净，可往往越读越不清净，愈行愈远。

这次拆箱上架的这份喜悦，很像成年了却突然从一幢老屋的犄角旮旯找到儿时一件心爱的玩具，那情状里包含很多复杂因子，很难一两句话讲清楚。既讲不清，索性不讲。一辈子讲不清，也不见得就是个坏事。一切皆有因缘，这两箱书如果早拆，不定早已七零八落，没拆也有没拆的好处。不拆，不露，以及今天的端立书架之上，都是这两箱书与我的缘分。

两箱书拆封上架同时，也从旧有的藏书里摘出一两百本书，可巧也足足撑满了两个纸箱。是要准备送人、捐赠，或者干脆当废品卖的。偶尔深夜在电脑前穷忙一气后，抬起脑袋揉揉眼睛休息休息，会看到它们，也会想起它们和我相识相处，共在一个屋檐下的日日夜夜、琐琐碎碎，越来越少无端的百感交集，只是会想，缘分已尽，该走就让它们走。

该来来，该走走，这么简单的话，里边蕴涵着最朴素简单，却也最深不可测的道理。很多人嘴上可以轻易地随时提及，但一辈子到头也未能参透。我自己就是这样的人，还是这次搬家，发现留存了太多过去日常生活的零碎见证：一张废弃的火车票、举家搬迁的飞机行李清单、早已洗不出初始颜色的杯子垫，还有数不清的精心收藏的筷子架……恋物癖的外表下，实际是对生活的态度犹疑不定、模糊不清，跳出来看，是被消逝的、死去的人和事缠得腻腻歪歪。

有多少书值得重买

所谓精神享受，经常不过是要满足耳目之欲，听音乐，看电影，读书，诸如此类。既是享受，免不了老是贪图，怎么也不厌多。就说看电影吧，最早托人从海外买录像带，几十盘；后来有了VCD，一买近千张；再后来又有DVD，又斥重金，不知不觉又趸了几千张。随着收藏量增大，追着看都看不过来，但一有新货，仍然踊跃抢购，生怕失去了享受机会。

买书买CD的情况也差不多。时间久了，积少成多，一屋子精神享受产品，堆得哪哪儿都是，书柜里、茶几上、床头，甚至桌子底下、厕所小板凳上。最近突然看着心烦了，原因出在买书上。

因为突如其来的搬家，原来的书悉数留在原处，于是需要重新购置一些必备书籍。开始是词典一类的工具书，买就买了，没什么感觉。“基本温饱”解决后，又忍不住要贪图享受，开始买闲书。可是一去书店，看着可眼的书，想想以前曾经拥有，再要买，怎么也难如当初那样一张白纸毫无顾忌了。左右挑剔的时候，脑袋里有个小人儿不断在问一句话：有多少书值得重买？

想想真是，那些精神享受产品，真正让我们得到享受的又有多少？CD听来听去不过那几十张，电影看来看去，不过那几十部，书呢，虽然不断有新书要看，但多是因为生计或是人情被迫在读，毫无享受可言。

挑剔的结果，有一本周作人译的《伊索寓言集》。第一则寓言叫“善与恶”，说善因为力弱，被恶赶走了，他便走到天上请教宙斯，怎样到人间去。宙斯告诉他，不要大家一起去，一个一个地去访问人间吧。因为这个缘故，恶与人很相近，所以接连不断地去找他们。善则因为从天上来，所以就来得很迟缓。就是说，人很不容易遇到善，却每日为恶所侵袭。

第二则寓言叫“卖木像的人”，说有人制作了一个赫耳美斯的木像，拿到市场卖。老没买主，他急于招徕顾客，便大声嚷道：有赐福招财的神出卖。旁边的一个人对他说道：喂，既是如此，你该自己享受这木像的利益，为什么要出卖呢？那人答道：我要的是现在就有的利益，可是这神道的利益常是来得慢的。

这两则寓言，与我们眼下的所谓精神“享受”的状况十分近似，每天为恶包围，贪图的是眼前利益，对那些来得慢的长久利益，就极尽怠慢之能事。所以，尽管书架上曾经拥有那么多经典名著值得重读，但我们为了眼前的人情或生计，忙着去读那些“恶”书。

有多少书值得重买？其实没多少。有几本《伊索寓言》这样的书，简单，清澈，智慧，够了。

还是这本寓言集，出版前言引用了周作人在《苦雨斋小书·序》里的一段话：“中国青年现在自称二十世纪人，看不起前代，其实无论哪一时代（不是中国）的文人都可以做他们的师傅，针砭他们浅薄狭隘的习气。旧时代的思想自然也有不对的，这便要凭了我们的智力去辨别他，倘若我们费了许多光阴受教育，结果还连这点判断力都没有，那么不是这种教育已经破产，就一定是我们自己低能无疑了。”一个世纪前说的话，今天听来声若洪钟。

书的敌人

一个水，一个火，都是书的天敌。所以自古以来，藏书楼对水火都有严密的防范措施。但既是天敌，总有厄运逃不过。古来书籍受厄于水的事，多见诸史书，随便翻翻便可看到不少。

《隋书·经籍志》载："大唐武德五年，克平伪郑，尽取其图书及古迹焉。命司农少卿宋遵贵载之以船，溯河西上，将致京师，行经砥柱，多被漂没。其所存者，十不一二，且目录亦为所渐濡，时有残缺。"

《旧唐书·经籍志》载："后汉兰台石室，东观南宫，诸儒撰集，部帙渐增。董卓迁都，载舟西上，因罹寇盗，沉之于河，存者数船而已。"

不过大千世界，最奇妙之处莫过于相生相克周而复始，书遇水火，也会有截然相反的情况发生，水也能生出书来。最著名的当然是“河出图，洛出书，圣人则之”。据说“图书”一词，即源于此。

还有一个著名的水生书的故事：崇祯十一年，苏州大旱，承天寺下决心淘竣一口旧井。这一淘不要紧，居然就在井底发现一个铁函，里边是藏了三百多年的《心史》。这一奇书的发现，惹得后世众多学者穷究不止，至今学术界仍对此书真伪争论不休。真伪且莫管它，对书内容本身，一律评价甚高，就连一贯心高气傲的鲁迅，也曾抄写《心史》里的诗篇送给亲朋好友。

无独有偶，井中出书的例证还有，1996年，长沙一个建筑工地的施工现场，也是一口古井里边，竟然出土十七万片简牍，在考古学界轰动一时。考古专家证明，它们已在井下埋藏了一千七百多年。

一水一火，都会与书相生相克。“相生”当然是求之不得的好事，怕就怕“相克”。不过水火再克，也克不过人。

人为的文字狱，一直伴随着人类苦难的出版史。更早的不必说了，单是清代，文字狱就多如牛毛。几年前在琉璃厂买过一本旧书《清代禁书总述》，五号字，生生排了五六百页。待到满清封建王朝如灰飞烟灭，文字狱却还不算完，到了现代，此种悲哀仍有发生——

1980年，出版社印陈寅恪先生的诗，还要躲闪腾挪，违心作假。初版《寒柳堂集》的“寅恪先生诗存”中，有一首《丙申六十七岁初度，晓莹置酒为寿，赋此酬谢》，腹联二句为：“平生所学供埋骨，晚岁为诗欠□头”。页末有编者注云：“按诗中脱一字，以□代之。”同一年出版的《柳如是别传》的“缘起”中，这两句诗又变成了“平生所学惟余骨，晚岁为诗笑乱头”。并无脱字，但已被篡改得完全读不通。什么叫“惟余骨”？什么叫“笑乱头”？直到1982年，《寒柳堂集》重印，这句诗才终于恢复原貌：“平生所学供埋骨，晚岁为诗欠斫头”。

我想说的是，书籍是由人一笔一画创造出来的，但书籍最大的敌人，也正是人自己。

杂志心态

王某，原来天天网上溜达，近来突然消失，打电话问，说是闭门在家，正研读皇皇七卷《追忆逝水年华》。廖某，著名古典音乐发烧友，身体羸弱，弱不禁风，近来突然开始锻炼，说养养身体，准备再听一遍全本《尼伯龙根的指环》。很羡慕这份耐得住寂寞，敢啃大部头的心态。

反思自己，倒是一种“杂志心态”，杂而乱，狗揽八泡屎，泡泡舔不净。为什么叫“杂志心态”呢？你看街边报摊上层层叠叠、花花绿绿的杂志，拢共一百多页纸，恨不能想把八百多个问题都说出个所以然。乍看好像哪个问题都沾点边儿，可是，说蜻蜓点水都算糟遢这么生动的词，基本上全不着调儿，没有恶果都得感谢上帝。

还有上网，网上垃圾太多，可是声光电的那么一配合，垃圾得还真有声有色。不光是个浪费时间的问题，那些垃圾最大的害处，是占据了大脑内存。天天有那么些烂东西充斥，我们的大脑一刻不闲。长期疲劳运转的结果，是你真有事情需要好好专心思考的时候，冥冥中有个声音“叮”地一声发出警告：对不起，您的内存已满。

杂志与书籍区别就在这里，书是有头有尾，要你一行一行念的；杂志都是翻来翻去，哗哗响，很少有人把一本杂志从头读到尾。可是大时代如此，大环境如此，浮躁浮夸，你想顺应时代，永远挺立时尚的潮头，还真没时间去念书。太多知识要你拥有，太多事情要你知道，老老实实地读书太耽误时间了。现在奇缺的不是知识分子，当个知道分子，往往在社会上更吃香。所以网络就应运而生，它就能让你在最短的时间，获取最大量的信息。网络具有明显的杂志特点，鼠标滑轮转得刷刷的，五湖四海大千世界就在你眼底，拉洋片儿似的就浏览一过啦，想在网上从头到尾看遍《红楼梦》吗？一定有人骂你傻。

不过说起来，现在的书也越来越杂志化了，所谓“图文书”的盛行，就是书籍杂志化的典型例证。图文书的出现，让“读书”转变为“看书”，好几百页的砖头书，“哗哗”一刻钟，上趟厕所翻完了。

由此可见，我的这种杂志心态，实在不光是自己不争气，我还顺应了时代潮流，怪不得貌似混得还挺开。可是我在这儿说句交底的话：心里虚得厉害。有个词叫浪得虚名，说的就是我这样的。由此又可劝慰您一句，别盲目羡慕那些满世界招摇的“貌似成功人士”，“秀外”有可能，“慧中”的真没几个。

越是外部环境纷扰，越难保持内心定力。我准备从少读杂志，甚至不读杂志开始做起。其实这样讲，当然也是矫枉过正，杂志里头也有“颜如玉”，而书籍里头也有丑八怪，关键还看你要做什么样的人。做个知道分子，只要心里不觉苦，每天乐呵呵地迎来送往，也一样能为社会主义建设伟业添砖加瓦。怕就怕突然有一天，看出好多明面儿上种种的虚妄，想转身去求内心充实，可又静不了心坐不住。

古人说：“一悟寂为乐，此生闲有余。”真想心静，先抛开杂志心态，耐住寂寞，把心洗洗，清空垃圾内存再说。

不敬惜字纸

从小被父母教育，要敬惜字纸。不过现在回头想想，小时候那些有字的纸，其实不太值得敬惜。前几天过生日，有个朋友费尽心思，找了一张我出生那天的报纸相送。看在我生于江苏的份上，专门找的《新华日报》。和当今报纸的花花绿绿不同，那张历尽风雨早已泛黄的报纸上，图片少得可怜，还真是一张道道地地的字纸。翻翻内容，满篇有点像《小二黑结婚》里新凤霞唱的那样，“他帮助我，我帮助他”，不过用的都是揭发、批斗的方式，好不热闹，活像人间地狱。这样的字纸，如何敬，又怎么惜？

八十年代初，仿佛一夜间，大批中外名著得以重见天日。恰逢我也到了开窍读书的年纪，像饿极的人突然被领到一桌山珍海味面前，不分青红皂白，一通狼吞虎咽。现在反思，这就好比用一次性塑料杯喝了顶级的大红袍，暴殄天物，是另一种不敬惜字纸。该好好珍爱的极品，囫囵倒进肚子里，茶香未及嗅，茶韵未及品，悔之晚矣。

到了眼下，上了点年纪，人也闲了，心也闲了，真正敬惜字纸的时机似乎已然成熟，却发现值得敬惜的字纸，早已被千万吨垃圾掩埋，想要刨掘出来不是件容易事，因为那些垃圾也都乔装打扮成我们必须敬惜的模样。

垃圾也分不同形态，明显的垃圾比如满街散发的小广告。一些少年，在红绿灯前几溜汽车队伍里穿梭，手攥厚厚一摞小卡片，往每辆车的雨刷器上别一张，动作还很优雅。真的要算优雅，相比而言，那些混迹各个停车场的少年就更过分些，他们算准了车过窗口因要交费，势必打开车窗，你一开窗，立即成摞往车里撒。有一哥们儿抖机灵，窗只开了一条缝，以为可以躲过这一劫。不料想，这位得了更高层次的洗礼——天女散花。他忘了关天窗，少年发现了。

指责这些少年是不公平的，该挨骂的是这些字纸的制造者。不过叫人遗憾的是，这些垃圾制造者还算好的，至少直白浅显，明摆出一副垃圾嘴脸，任由你骂。而更多的垃圾，抹了厚厚的粉，假装精神文明。

越来越多的城市，举办越来越多的全国性书市，我因工作原因几乎都会到场。早几年在自己摊位前“坐台”之余，会有兴趣在场内转转，遨游书海，其乐何如。近几年这习惯被彻底压抑了。值班时呆坐，下班立马走人。并非喜新厌旧热情丧失，而是满场的重复出版、假冒伪劣，三五个王朔，七八个金庸，还有不计其数的外国名家，真叫李逵到场，恐怕李鬼多得他捉不过来。一时间我会神经错乱，以为置身堆满臭鱼烂虾的垃圾场。看着那些渐趋精美的纸张，被印上各色形体的垃圾字，那份心情不是心疼两个字概括得了的。

再往深里说，即便不是假冒伪劣的字纸，形迹可疑者亦是甚多。就拿文艺来说，每年那么多新人要当作家，兢兢业业地创造一些黑字，印在雪白的纸上，可里边究竟几多值得去敬去惜？就便是享誉一时的文艺名著，究竟又有多少能够流芳百世？怎么知道几十年后，又一个过生日的人得到一本字纸礼物，不会又感叹如何敬、怎么惜？说到底，就算流芳百世了，亿万张那些纸看下来，看到了什么？多愁善感、敏感细腻、唧唧歪歪、怨忿不定，无外乎几个字：生老病死，怨憎会，爱别离。可是他们会像白骨精一样，不停地幻化成老汉、老婆婆、小女子，来迷世人蒙昧的双眼，哄我们在永无出离之日的境域苦中作乐，还不自觉。

从此不再盲目地敬惜字纸。

娱乐的黑手

作家刘心武研读《红楼梦》好久了，早几年就有相关著作出版，也有过些影响，不过估计自己也没想到，后来搞大了。著作成了畅销书，在中央台的讲座，为众多粉丝追捧到爆棚。更没想到的是，触怒中国《红楼梦》协会副会长胡文彬。胡在报上公开指斥刘不遵守学术规范，言下之意是哗众取宠，浪得虚名。更令胡愤怒的是，刘居然大声疾呼，红学是公共学术空间，而胡觉得，这是对神圣的红学的一种侮辱。

后来这事端引发网上热烈讨论，胡派大意是说，一个三流作家（还有将其贬得更低的）确实没有做学问的坯子，《红楼梦》何其博大精深，想研究？你也配！刘派大意是说，不就一部破小说嘛，算个屁，谁想扯什么淡，就扯呗……网上争论大抵如此，多是义愤之辞，热闹固然热闹，可是，菜市上大妈为一毛钱吵架，也好多人围观围得热热闹闹，不无聊么？

我看这场风波，不敢随便瞎议论，更不敢乱下结论谁占理谁理亏，理由是刘的这本著作我并未从头到尾看过，他的讲座我也没有听全；胡的大作，更是除了一篇访问记中出现的只言片语以外，一无所知。没有调查研究就没有发言权，所以，不敢。由此我倒想到，胡指斥刘的讲座，他听全了吗？刘的书，他从头到尾读过吗？

胡在接受采访时，虽然并未直说自己是红学家，但话里话外是以红学“家”自居的，并指刘不配算作红学“家”。刘是否以红学“家”自居我不了解，至少我没看到他这么说，不过，那么多的红学“家”，在当“家”之前，是否也算“公共”范围之列的群众呢？那么，他们当初的第一篇论文、第一本专著，是否也算一种对神圣红学的侵犯呢？

不过这些问题，依我看仍然无聊，不说也罢。我觉得更值得说的，是这场风波背后，有一只黑手在操纵这一切。这只黑手叫做“娱乐”，它长在媒体的身上。而胡这样长年在书斋坐着的老实人，被这只黑手利用了。

当今媒体，一切选题娱乐化，几乎成了争夺读者的唯一法门。所以，媒体的心思，是唯恐天下不乱，没事还要搅三分，有人吵吵架，尤其是文学艺术方面的热点问题的吵架，无关痛痒，却最具眼球效应。

近两年几本与《红楼梦》相关的书畅销，所谓“红学”成了热点。正在此时，胡在一次讲座中提出对刘著作的不同意见，立即被正在四处找碴儿找得眼睛都绿了的媒体记者捕获，于是，一场目的性非常明确、居心纯在挑事儿的采访开始了。仔细看看胡的那篇访问记，做过媒体的人，不难发现其中有多少巧设的陷阱。

说到底，这场风波是一场无聊的娱乐风波，如果你是关心《红楼梦》，不妨以此为契机，再去把书读一遍，至少是一件有意义的事；如果你是喜欢看人吵架并在一旁积极起哄架秧子，请继续关注。

尴尬的畅销

说起来令人哭笑不得，钱锺书、杨绛两口子，老了老了陡然成了畅销书作家。这还要考虑到老两口那么低调，如果姿态再配合一点，“钱”途更加不可限量。《围城》也就罢了，《管锥编》、《七缀集》也能一版再版。真不明白那么深奥的学术专著，多少人读得懂。就算读得懂，多少人会去读？

起因是陈道明在荧屏上演了一回方鸿渐，以及继而兴起的媒体大炒作，渐渐将一位只想“默默存在”（钱锺书字默存）的学者，外加一位童趣盎然的作家打扮成了神。既是神，就差点祖坟都挖出来细数家珍。

后来这股浪潮又打到梁思成、林徽因夫妇头上。一出《人间四月天》，把一场想当然的徐志摩、林徽因、梁思成的三角恋合盘托给八卦成性的电视观众。媒体见有利可图，重拳出击，于是原本束之高阁的梁氏建筑学专著，赫然名列畅销书排行榜前茅。

也正巧，没多久又逢林徽因百年诞辰，书店货架上，一夜间平添众多林徽因清癯的面孔，林的母校清华大学出品了《建筑师林徽因》、《梁思成林徽因与我》，其他出版单位也瞅准商机及时推出《记忆中的林徽因》、《林徽因讲建筑》，以及一本好几十万字的《林徽因传》，等等。

这些书里，只有梁思成的续弦林洙所著《梁思成林徽因与我》和张清平所著《林徽因传》算原创，其余都是编选著作，梁、林生前亲朋好友，或者学生晚辈撰写的回忆、研究文字的合辑。

对林徽因的盖棺定论是建筑学家、作家。她在建筑学上的成就，除了众所周知的参与设计共和国国徽，还曾与丈夫一起，耗时数年踏勘众多地域的古代建筑，编著中国传统建筑“文法课本”《清式营造则例》，开创用现代科学方法调查研究中国古建的学术先河。此外，作为清华大学建筑系的一级教授，培养出大批建筑学科的顶尖人才，功在千秋。在文学创作上，林氏惜墨如金，全部作品不过几十首诗和几篇小说，但其艺术造诣，及其在文学史上所占地位，却非同小可。朱自清曾撰写长文，力捧林氏诗作《别丢掉》。新时期诗歌研究专家也曾说过，林氏之诗，单从艺术角度看，实在高于徐志摩的《再别康桥》。顺便说一句，《人间四月天》这一剧名，即来自林氏名作《你是人间的四月天》。

这样一位才女，后人当然怎么纪念都不为过，但我想说，似上述这番乡村赶集似的热闹情景，可能会让林徽因、梁思成在地下发出尴尬的笑声。

共和国成立以后，一男一女两大才俊作别文坛，男的是沈从文，女的是林徽因。转身之突然，之绝决，恰如徐志摩的名句，挥一挥衣袖，不带走一片云彩。他们不约而同地一头扎进学术研究，前者选择了文物与服装，后者选择了建筑。

林徽因曾经说："我没有适合时代的语言。"她还说："真佩服一些人整天说着大话，自己支持着极不相干的自己。"她甚至还说："对我来说，读者不是公众，而是了解我、与我具有同感，渴望听我诉说，并且会有感动的那些人。"看看这些话，该明白一个文弱、清高、狷介的才女，看破世事纷杂，想的只是独善其身，尽力做好分内之事。

可是今日媒介如此聒噪，捕风捉影地臆想、夸大，对比一下林徽因仙逝前画下的那些一丝不苟的建筑图样，境界高低，天壤之别。

别再打搅那些让人尊敬的地下亡灵吧，该记住的人们都会记住，记在心里，像林氏诗句所写那样：“当时黄月下共坐天真的青年人情话，相信/那三两句长短，星子般仍挂秋风里不变。”

能把定语去掉吗

近年所谓“青春文学”的繁荣，毋宁说是书籍出版业繁荣的一个表征而已，文学并非这场风潮的要点所在。

青春少年，情愁丰富，文学是最好的宣泄途径。又因文学创作成本低廉，纸笔而已，可操作性强，自然成为无数青春少年最切实际的梦想。所以我说，青春从来文学，文学是青春的要点倒是真的，而这场青春文学风潮的要点，则在出版。

我的青春期在二三十年前，当时周边同龄人的文学创作，也是风起云涌。还记得当时《文学报》发表了一篇上海中学生龙新华的小说《柳眉儿落了》，文风之成熟，境界之不俗，虽不见得能够凌越当今青春文学的佼佼者，可后者也肯定未出前者其右。而当时堪与龙新华比肩的青年才俊，比起眼下六届新概念作文大赛攒下来的一等奖获得者，也并不在少数。只可惜书籍出版业当时尚未走下神坛，那会儿出本书是天大的事，否则，青春文学早繁荣了。

既然要点在出版，就来说出版。

青春文学在出版商眼里，像“穿越”、“惊悚”这些词一样，就是个定语而已，青春小说、惊悚小说、穿越小说，诸如此类。市场流行这个定语，挂上这定语的书有利可图，就抓紧挖掘开采。我这么说并非在批评，走了那么多年黑咕隆咚的计划之路，现在总算弄明白了市场杠杆、供需关系这些道理，说明我们越来越成熟，是好事。可是过犹不及，定语有时候加得过多，就不太好。

报刊网络以及书籍出版数量的几何倍增长，必不可少地带来浮夸泡沫，几乎每个名词前边，好像不加几个定语，都说不明白事儿似的。好比青春文学吧，词根只是文学，简简单单清楚明了；加了“青春”还能接受，偏有好事者还会加上“激烈”、“残酷”甚至“情色”，这就过了。再好比郭敬明就是郭敬明，张悦然就是张悦然，非要说成“金童玉女”、“最富才情”；李傻傻就是李傻傻，非要说成“少年沈从文李傻傻”；还有什么“纯情文学玉女麻宁”，定语太多了，能把定语去掉吗？

这些定语的背后，其实有种非常有趣的心态。一边是青春文学作者们有意装嫩，所以他们无时不在强调自己

“生于一九八×年”；另一边是成年人的宠溺儿童心理，所以会亲昵地称之为“小作家”。双方都是正中下怀。可是二十三四岁，是个地地道道的成年人了，再被称做或者自称“小作家”，有点肉麻。

我想对出版人们建议：去掉那些定语吧，让文学回到简单明了的文学。我还想对80后的优秀作者们建议：去掉那些定语吧，没必要给自己添那些累赘。

吵架·京派·海派

一次在一个老作家那儿聊天，聊的时间有点长，我俩又都是烟鬼，他家的藏烟也少了点，愣被抽得一支不剩，便一同下楼去买。

烟店前一堆人正吵架，左右不过是些鸡毛蒜皮的事。我因牢记鲁迅教导，坚决不当“帮闲”，所以避之唯恐不及。不想老作家却一个箭步冲上去，一头扎进人堆。我当时一惊，因为在我看来，这个这个，实在与他老人家身份不符。

老人家一定看出我表情不大自然，撇嘴一笑道，想起鲁迅了吧？我告诉你，我还就爱看人吵架，这一点都不丢人。不过要会看，会看就能看出好多意思来。跟念书一样，会念，才能念到字面后的意思，不会念你就不是在念书，而只是在念一些词汇。

今天想起这段往事，是因为看了一本书。一个学者钩沉七十年前文坛一场大架的诸多史料，结集为皇皇巨著。想想他钻进钻出图书馆，浸淫于陈芝麻烂谷子中的那副模样，和当街冲进一堆吵架人群，还真有点神似。他就算会看的一类吧，因为他从这场吵架中，看出不小的意思。

1934年年初，一群文人为“京派”、“海派”吵过一场大架。战场设在当时的多家主流媒体，以《申报·自由谈》为主。参战的主要人物有鲁迅、沈从文、徐懋庸、师陀、胡风、曹聚仁等多位名家。这位学者在书的后记中总结道：“海派”作为对上海风气、上海“味道”的一种说法，多年以来已被说得歧义丛生、含义丰繁，它显然已成为有关中国“现代性”的一个关键词，或许可以通过对它的梳理爬清，加深对上海，乃至中国的文化命脉、现代化进程的理解。

是不是有这么严重不敢乱讲，不过“京派”、“海派”这一对词语倒是留用至今，而且大抵说来，仍是“京派”瞧不上“海派”，这一点始终不变。好比前两天看到北京的资深“贫家”王朔“贫论”上海“贫家”小宝的一篇旧文，虽然从头至尾尽是夸奖，却有不少看扁的蛛丝马迹可寻。比如他说上海人，夸人不愿意，骂人也不愿意，就将冷嘲热讽的功夫发挥到极致。“若画漫画，就是跷着腿，一杯茶，独坐高楼，面带冷笑，对楼下行人指指点点。看状不恭，真被问上门来，也可以不慌不忙反问一句：我说你什么了?”这是北京人眼中奇缺承当的上海人形象。

看吵架要会看，吵架的人更得会吵，要不就成街头泼皮、里弄大妈了。通览这场论战的前后文章，还是鲁迅最会吵，既有深度又有高度，句句似匕首似投枪，切中要害。

有意思的是鲁迅的态度，他在这场混战中表现得异常兴奋，一连气儿写了好几篇，换着各种名字在《申报》发表。与此同时，又能看出他的矛盾心态——他是看得开的，不过虚妄一场，争论没有意义，所以话就说得特别不耐烦。他说：“要而言之，不过‘京派’是官的帮闲，‘海派’则是商的帮忙而已。”有点像挥苍蝇、赶蚊子。吵什么吵！一丘之貉嘛！但是事到临头，他还是兴奋。

生活中好多事都这样，明明觉得不好玩，明明觉得不耐烦，明明是虚妄一场，可又老忍不住凑个热闹、评评道理。事一关己，还会兴奋，甚至雀跃。这个说起来都是人的本能，不必奇怪也不必自责。关键怎么上一个层次说话。依我看，不过就是那个老作家的一个“会”字。会吵，会看，就能吵出意思，看出意思。会生活的人，即便无聊透顶的生活，也能过得有滋有味。

宏大叙事的退隐

读学位，到末了总得写论文。据说早些年中国学生去了国外，报上去的论文题目，经常把大鼻子导师吓一筋斗，因为题目太大了，希腊神话的美学意境、十八世纪欧洲文学特征，诸如此类。导师自有害怕的道理，他们摸摸花白的胡须想想自己几十年前，不过是靠一篇斤斤计较的“《李尔王》剧作结构”换来一顶博士帽，又苦熬几十年，终成正果熬成博导。猛然来个异乡的毛头小伙，上来就敢开出自己一辈子想都没敢想的硕大题目，大鼻子导师不会说北京话，不然一定苦笑着感叹：真敢开牙！

与此类似的是，中国的长篇小说多年盛行宏大叙事之风。我在出版社，每年看几千万字长篇小说来稿，一半以上都是大家族祖孙三代的悲欢离合。看着看着不禁有了错觉，好像所谓长篇小说，不写它几代人都不能算长篇。还由不得你不信，想想前些年走红的《白鹿原》、《穆斯林的葬礼》，再想想当年的《家》、《春》、《秋》；当然，再往早里想，还有《红楼梦》。

可是到了上世纪末，人们逆反心理陡然膨胀，于是突然就有一百八十度的大转弯，看不惯宏大叙事，矫枉过正，竟然有段时间兴起了“私小说”。

“私小说”是评论家们专指某一类作品的称呼，我在这里借用一下。“私小说”重在一个“私”字，具体在不同作家笔下表现出来，又是千姿百态，差之千里。有以细腻见长，直指女性内心的情爱小说；有以先锋为旗，旨在创造新形式的探索小说；有抵制虚构，以描摹亲身经历为乐的纪实小说；还有与民同乐，以隐私为主要创作题材的市民小说，等等。我把这类小说一股脑儿划归“私小说”的框框里，是因为它们都远离了宏大叙事，沉溺于“小我”之中，看重的是自我对情感的感受、对生存的体会、对世界的认识、对小说的把握。

其实题材大小无关紧要，关键在，宏大叙事的那种气度，以及只有宏大叙事才会拥有的那种浸透在文字中的自信，已在不知不觉中悄然退隐。

这一退隐，固然可以理解成什么现代社会自我的回归、内心世界的重返；可是换一个角度讲，这理解不过是一种托词，是在为自己的失败寻找冠冕堂皇的借口，是对失去的东西再也无法找回的一种无奈。

宏大叙事是文学这条大江的源头，西方最早的典籍是《荷马史诗》，中国因为文史哲向来不分家，所以可以举先秦诸子百家为例。那会儿的人多自信啊，他们开天辟地，他们纵横捭阖，他们惊天地泣鬼神。他们唱起来，远山也要为之回荡；他们舞起来，大地也要为之震撼；他们写出来，每一个字都会变为一座山峰……

不知从什么时候起，宏大的东西离我们越来越远。开始我们可能还不承认，还不甘心，还想紧紧抓住宏大的尾巴。可是抓着抓着，抓成了《家》，抓成了《白鹿原》，这才翻然醒悟，这样的宏大不要也罢。事实残酷地摆在面前：不管你愿不愿意承认，宏大叙事确实已经将我们抛弃了。我们只剩下个小而又小、寒碜自怜的“小我”，我们只配在螺丝壳里做道场。

我们是失败的一代，我们把曾经拥有的美好的东西丢失了，而且注定找不回来。一切努力都将被时间证明是又一次的失败。我们的自信早已丧失殆尽，对此我们只有无奈。

文人谦虚的背后

重读沈从文的《花花朵朵坛坛罐罐》，在仅有的几篇非文物专业文章里，再次看到他那句名言："我是一个没有读过书的人。"这是一句实话，也是一种谦虚，却不仅止于谦虚。

看过一篇文章，盛赞作家茅盾虚怀若谷，举的事例是，作为第四次文代会的代表，按规定，茅盾本人需填写一份履历表，姓名别名曾用名、主要经历、主要作品之类。他填得非常简单，比如"有何著作"一栏只写了"子夜"二字。这篇文章的作者于是感慨：一个著作等身的文豪，竟对自己如此严格要求，比起那些小青年恨不得把履历表填得水泼不进，真是越有成就的作家，越是谦虚呀。

我看这位老兄仅知其然，未知其所以然。

我刚到出版社工作时，醉心于上个世纪三四十年代的旧报刊，每天在里边钩沉，自得其乐。钩沉的收获之一，是考证出钱锺书用五花八门的笔名发表的十几篇旧文，于是给钱先生写信，详细罗列这些文章的出处，请他核准我的考证，继而请求将这些篇章结集出版。那个时候，“《围城》热”尚未兴起，钱锺书的名字还不像今天这样妇孺皆知，所以我这一举动少了畅销的概念，也就没有传统文人向来嗤之以鼻的铜臭气，当然志在必得。可惜钱先生很快亲自回信，说考证无一有误，不过说到出版就算了，原因是那些文章着实令他“汗颜”。

有段时间，因为要出阿城的几本书，与他过从较密，时常相聚谈天说地。一次说起东京帝国大学出版社出他的书，包装之豪华精美，令人叹为观止。阿城眨眨眼睛说，包装过火了，明明是擦脚脖子的香水，偏要擦在腋下那么高的位置。

沈、茅、钱、阿这样一路下来，好像凡有成就者，必有如此谦虚谨慎之美德，但我觉得，这仅仅是个“其然”，背后还有“所以然”。这个“所以然”，就是老了。

老来看淡名利，凡事只求省力省心。过去著作再多，不过“朝花”一场，再来“夕拾”意思不大。所以干吗要填那么多名称，该知道的自然知道，不该知道的也无所谓。说得严重点，这里边甚至是有些不屑的成分，既然不知道，道不同不相与谋。同理，早已达到腋下的高度，何妨自贬到脚脖子一回，老被你们擦在腋下，有点烦行么？

这是一种世俗成功者的心态，成功带来心态的平和，傲气已嵌入骨子里，嬉笑怒骂率性而为，却于不经意间成了文章。有好事者如我，如那篇文章的作者，就来说东道西。可是与此同时，你不觉得，就在这一点点不屑、一点点傲气、一点点图省事的背后，他们有一点点世故，有一点点黯然吗？这就是老了。相反，年轻人要把履历表填满，我倒觉得可爱，积极，跃跃欲试，有朝气。虽然你也可以把这些称之为幼稚。

第二辑

沧海一声笑

上海人一向以斤斤计较闻名，《咬文嚼字》这样的杂志，好像也只有在上海办才适得其所。一群学问豁大的语文专家，天天在里头抠字眼儿，那股较真儿劲头，很像大妈们在菜场，为几分钱推推搡搡，争个脸红脖子粗。

我这话不是挤对上海人。很明显，斤斤计较的结果，是上海的经济在全国遥遥领先。由此想到，咬文嚼字也会让我们的语文更干净利落。

别小看简单的说话写字，能不出错是奇迹。不信你把自己一天说的话录个音，晚上倒过来听一遍，不定多少语法字词的错误。别说自己说了，听都能听错。有个著名的游戏，一队人排排坐，击鼓传“话”，领头人说头大象，到队尾变成蚊子了。

偏赶上汉语又历史悠久，所以千变万化，更容易闹出歧义。同一段话，不同标点，得出来的意思截然相反，这样的例子不胜枚举。

这位说了，您说的是古文，跟我们现代人没关系。现代汉语也一样。

有这么一位，少时习画，老画不好，于是非常渴望到一个叫“杨柳”的地方去，因为老听有人提到“杨柳青年画”，这位由此认定，杨柳这个地方的青年都画得特别牛逼。

还有一位，小时候特爱削尖脑袋去听大人开会，老听说“反对形而上学”，非常纳闷，心想这个叫“形而”的孩子到底犯下什么滔天罪行，为什么大家都反对他上学呢？

再有一位，小时候爱听广播，那会儿西哈努克不是老来嘛，一开国宴欢迎外宾，广播员就会字正腔圆念道：宾主频频举杯。于是这位幼小的心灵里，一个英雄形象拔地而起，英雄名叫“宾主”，因为他太能喝酒啦。

很多词语都曾被我们误读，这从一个侧面证明，看似简单的说话写字，细究起来也不寻常呢。字面的意思尚且容易误会，更别提什么隐喻暗讽，甚至言下深意了。像鲁迅说向子期的《思旧赋》，刚开头就煞了尾，你说他到底想说什么？由此又想到人与人的交流，即便情侣之间，聊来聊去，交流似乎从无止歇，可互相之间的心意，各自又领会多少？

我这么东拉西扯，也并非是要说语文，有《咬文嚼字》那么专业的杂志在，轮不着我来班门弄斧。那我到底想说什么？算啦，一笑而过吧，沧海一声笑，不是啸。这也是我小时候听错的一句话，那时候还年轻，只知道哭、笑这么简单的东西，啸是什么不知道。

读字典

好像哪个领袖说过，谁要性子躁，就让他去编字典。可见编字典是多枯燥的事，能把人磨得溜光圆滑，彻底没了脾气。

多年前，电台有个访谈节目颇受文化人欢迎，叫“孤岛访谈录”，让嘉宾设想将去荒岛度日如年，却只能带一本书，会带哪本呢，话题由此展开。这节目没请过我，但我悄悄想过，如果是我就带一本字典，因为最耐看。

我父亲算个知识分子，“文革”中被打倒，甭管看什么书，都会被小将们批成资产阶级，幻想重新作威作福之类。后来他找到窍门儿，就是读字典，这东西根正苗红，再没人来找他的碴儿。

以上这些，是说到字典这个话题，随便联想到的事。

回头分析一下，里边倒有不少内容可讲，有历史，有社会，有处世之道，很丰富。

每当生活无趣时，我会读字典，随便挑一页往下看，常有意外之喜。几年前，有段时间为了磨心，读起《说文解字》。开始特别管用，因为没有任何连贯的意思，把大脑中千奇百怪的想法都简化为单个汉字，像把世间万物拆成一份化学元素表，一切简单明了，却尽是根本所在，心思平和了。

《说文》是按部首排序，一天读到“心”部，突然心潮翻涌。为什么心部的字，都那么惨，没几个与快乐沾边——悽：痛也。怆：伤也。慨：太息也。惆：失意也。怵：恐也。憐：哀也。怫：郁也。憧：意不定也。恚：恨也。憝：悔恨也。懑：烦也……单是释意为“忧”的字就有一大串：忦、忡、恙、悄、悠、悴……何况还有早已熟悉的恸、怅、怄、恹、悔、惨……可见这个心，还真是骄娇二气不好伺候，要降伏谈何容易。

最近突然对很多书籍产生不敬的想法，觉得千千万万读过的小说诗歌，不过是赚人眼泪、搅乱人心的无聊消遣，读了心乱，于是又找了一本词典读读净心。

挑的是一本《汉语成语考释词典》。随便挑一页开始，偏偏好像有缘，和多年前的《说文》心部有瓜葛。打开这一页，有如下成语：自高自大、自绝于民、自乱其例、自取其咎、自取灭亡、自欺欺人、自食其言、自屎不觉臭、自投罗网、自误误人、自相矛盾、自相鱼肉、自以为得计、自以为是、自怨自艾、自作聪明、自作自受……大多是些心受蒙蔽的情绪或行为。当然，间或也夹杂了自告奋勇、自给自足、自强不息这类褒义词，但是在数量上，简直无法望贬义项背。

两次读字典的经历，叫我想起一位大德在著作里说过：你错误地相信自我就是你，而你就是自我。那个你认为是自己的东西并不是你，只是一种幻象，由于迷惑，最初你误认它是你自己，然后又浪费一生来满足它、让它快乐，这样的企图是没有希望的。这就像除非你知道自己在做梦，否则无法逃出梦的陷阱一样。要让自己解脱，必须明白自己的错误，然后从其中醒悟过来，事情就是这么简单，也是这么复杂。

我们常常会说，“我”如何如何，“我心”如何如何，说的都是这个叫“我”的东西。可它究竟是个什么东西？对照字典看看，如此乖戾可悲。

简体字，繁体字

简、繁体字之争，几十年来从未停歇。新中国建立后，两次全面简化汉字，其中第二次发生在上个世纪七十年代，试行几年又被废除。一来一往的无用功，消耗不少人力物力。不知有没有人算过，这一趟折腾的经济损失是多少。中国那会儿正穷，何苦来哉。

近两年这一争论又热烈起来。无风不起浪，有原因的。先是因为日本人向联合国相关组织申请，汉字乃日本国文化遗产。这明摆着是瞎掰，汉字汉字，怎么成了日本文化？人家的理由是：申请的是繁体汉字，中国人已经不用了。这一来中国人不干了，激议恢复繁体字事宜。

有一年的“两会”上，宋祖英等代表递交正式提案，要求在中小学增设繁体字教育。这一提议迅速引发网民的大讨论。正方说，时代总要发展，文字是工具，自然会随时代变化而变化，不必大惊小怪；反方认为，汉字越简化越没文化，繁体字不仅美观，还有丰富的文化内涵，对之要有敬意。

争论不怕，就怕争的并非同一件事，还脸红脖子粗。世间很多争论都如此，前门楼子胯骨轴子。具体到简繁体字之争，很多人至少把两个问题合二为一，乱吵一气。拆分一下再争论，会有效率得多。

第一，哪个更有文化？延伸问题是：哪个更美观？

能认识并熟练使用繁体字的人，一般来说，受教育程度比认识简体字的人要高，也更有文化，所以应该是繁体字更有文化。但这只是就普遍意义而言，个案总有例外。比如新中国培养出来的一些院士，认得的繁体字很可能不如一个做紫砂壶的农民工多。要争论，先分清争个案还是争普遍。普遍可以统计证明，个案千差万别，不具可争性。至于说到美观，是纯感受的事情，无法定论。你觉得“红配绿赛狗屁”，我就觉得那才顺眼，人人审美观不同。

第二，要不要在中小学恢复繁体字教育？

有无文化是形而上的问题，增设课程是具体使用问题。具体问题就该具体分析，也没什么好吵的。我因职业原因长年与汉字打交道，对使用问题有点发言权。我觉得，就使用范畴而言，识得繁体字，很像一个人会骑自行车，多了个出行工具而已。不会骑车的人，照样不会在家憋死。完全不识繁体字，并不妨碍一个人成为对社会有用的人。如此说来，在学校增设课程当然可以，不过应该如手工、奥数一样，设为选修。作为学校、老师，更紧迫的任务不在简繁体字，而在于教会孩子们能用干净、纯正的汉语，明白晓畅地表达自己的感情、思想。这个说来简单，近年来滑坡严重，能写出通顺句子的人越来越少。关键在于，老师们都写不通顺。看看网上这些争吵吧，没多少人能说明白自己到底在吵什么，而这些人中，不少人就可能是中小学老师，或者和中小学老师文化水平差不多。

到底吵什么呢？不妨顺着上述思路继续拆分下去。你会发现，其实经过多层拆分，如果拆分清楚，也就没什么好吵的了。

很多争论也都如此，把要吵的问题层层剥开，问题就没了。

书籍的金字塔

每到年底，会有些报社图书版的记者来采访，要展望来年出版趋势。我总是说，这个话题我来回答不具代表性。虽然也算出版业的从业人员，可我就职的出版社，是个文学专业出版社，只能出点小说、散文什么的，而文学图书相对整个出版业，只是很小的一部分，轮到我头上，更是十分渺小的一个零头。

我这么说并非谦虚，这个话换个角度讲，反而有些孤傲在里头。

经常有人抱怨，说现在文学图书市场不景气，我对此倒颇有些欣喜，如今这样的市场情况，是将文学图书拉回到它该有的地位。二十多年前，王府井新华书店门口，文学爱好者排出好几里地的长龙，抢购《安娜·卡列尼娜》、

《复活》、《红与黑》，这不是什么好事，是人的正常社会生活遭到太长时间禁锢造成的恶果。如果为此拍手称快，人们不禁要问良心何在。

正常的图书出版，我觉得应该像个金字塔。塔底是那种根基牢靠、每个人都必需的图书，比如学校教材、《新华字典》、《医疗保险手册》等。塔身则是一些大众化的、流行的书籍，这类书涵盖面极广，讲化妆，讲家居，讲电脑……还有那些职业教材，比如《会计手册》之类，包罗万象。这类书中，偶尔也会出现文学的影子，比如武侠小说。至于塔尖，是思想、文艺类的。不是管这些叫上层建筑吗？它们在图书出版的金字塔中，也高高在上，所以要接受风吹雨打。有点什么风吹草动，首先遭厄运的，都是它们。

因为是塔基，自然面积广，受众多，反映到图书市场的晴雨表上，就是持续高温。万丈高楼平地起，不服真不行。因为是塔身，自然是中坚力量，放眼一望就是它们，所以它们格外活跃，在图书市场，眼球效应最强。而文学，尤其是纯文学图书，因为高居塔尖，所以遭点冷落确是应该，不必大惊小怪。

由此再说到最近听到的一个信息，说中国人每年的阅读量都在下降，今年调查的结果是，每人每年花在购买书籍上的钱只有四十多元。这个数字不知从何得来，照我看不太准确。我仔细想了想原因，统计的人，可能只把读文学、思想当成阅读了吧。

原著是冰山，翻译露几分

上大学时，喜欢外国小说到几近痴迷，证据之一是，居然不知天高地厚，翻译了一本埃利·威塞尔的小长篇。搁现在，借我俩胆儿也不敢。毕业后到一家文学出版社做编辑，当时暗下决心，好好出几本外国小说，为自己，也为众多同好者解馋。二十多年过去了，仅出过两本外国小说，一是米兰·昆德拉的《不朽》，盛宁先生自英译本转译；还有希腊作家卡赞扎基的《基督的最后诱惑》，董乐山、傅惟慈两位名师合译。雄心壮志与现实成绩相距甚远，原因出在翻译问题。

审读来稿过程中，也曾碰到很多译稿，但是看着那些早从《法国文学辞典》、《美国文学辞典》上得知的文学名著竟是那般不堪入目，不得不怀疑译者的水平，进而怀疑起读过的众多外国小说，经过了一层翻译，我们到底看到原著这座冰山的几分之一？想想改革开放三十多年，好几茬儿作家都是主吸外国文学的养分，可到底吸到多少原汁原味？

马尔克斯说过：“有人说，翻译是最好的读书方式，我却认为是最困难、最得不偿失、最糟糕的回报方式。众所周知的意大利谚语说得好——翻译即背叛。”

博尔赫斯自己是个翻译家，但他也说：“莎士比亚作品的译文，我是不敢恭维的，因为他最本质的、最美好的东西就是他的语言，而语言又能译成什么样子呢？莎士比亚的许多词句只能是这么说，只能是这种语序，也只能是这种韵律。”所以博氏尽管酷爱莎士比亚，但他总是用原文，而绝非另一种文字背诵。

可怜的是，即便我们读这些作家对翻译问题本身的言论，仍然像是依靠一只猴子，来想象一个人的模样（忘了是谁说过，译者是小说家的猴子）。难怪汪曾祺老人到晚年，为自己年轻时代没学好英文而痛心疾首，否则，至少可以读到真正的英文小说。

近来在读《浮世理发馆》等周作人翻译的日本早期文学，忽然觉得，周氏用的办法，对那些必须通过翻译阅读外国文学的人来说，是一种得窥原著风貌的好途径，虽然这办法本身依然显现出极大的无奈，就是在译文后边作注。

这些注解通常碎碎叨叨，东拉西扯，讲民俗，讲风土，讲人情，天文地理，花鸟鱼虫，无所不包。但也正是由此，译者将他对原著的透彻理解，尤其是一些细微之处的精妙，传递给了读者。由此想到，如果每一个翻译工作者都能费点力气，做做这样的细致工作，那座隐藏在水底的冰山，也许就能多露出水面一点。

当然，这样的工作，也只有真正的翻译大家才做得来，时下许多翻译，转换一道文字已经费了九牛二虎之力，作注的工作即便想做，也是“非不为也，不能也”。于是奇怪的事情出现了——还是汪曾祺，说他的《受戒》被译成英文，小说中有四副对联，他就琢磨，这可怎么译呢？后来看看译文，译者用了个干净绝妙的办法：把对联全部删了。

榨　油

心思乱，东西飘忽，定不住。看媒体热炒白先勇版《牡丹亭》，便想到昆曲；想了昆曲，又想起业余昆曲家陆宗达先生；想了陆先生，又想到上大学受的第一堂教育；又从这一课，想到刚参加工作时上的第一课……好了，在此打住，说说这两堂课吧。事隔多年现在想，这两课不仅形似，而且神似，其中心思想叫“榨油”。

我上大学那年，陆宗达先生已八十高龄，以他在训诂学上的权威，算国宝级人物。全国第一个汉语文字学的博士点，即由他开创。这么大的学者，当然无暇给本科生上课，但作为学校教师代表，来给我们上了第一课，以其亲身经历，勉励我们刻苦打基础。

陆当年投师黄侃先生门下，发愿要治“小学”。黄见他来，客客气气请喝茶，学问之事片言不出，只命他去坊间买一部未加标点的《说文》，回家断了句再来。

句读之学是传统学问的基础，陆觉得自己早已过关，所以颇不以为然。然而师命难违，只好照做。一个月后，陆带着标满句点的《说文》再去见老师。老师仍是客客气气请喝茶，作业置于案上全然不顾，只命学生重买一部《说文》，再句读一遍。

陆说，第二次下手，就比第一次难了，多了些犹豫。不少地方细琢磨，就有些疑惑。两个月后，陆带着二次标点的《说文》再访老师。老师仍是客客气气请喝茶，作业摞在已经落灰的上次作业的上头，翻都不翻，只命学生再去买一部《说文》，三次句读。

学生再敬重老师，遇此情形也难免会有一丝不快。不过成大事者通常能忍，陆还是恭敬不如从命地照做不误。

第三次标点更难，用了三个多月。再去老师家，心头原先的狷狂自信已被磨平不少，觉得有点惶恐不安，因为书中拿不准的地方太多了。老师仍然啥也没说，只让学生把三次作业统统抱回家，参照检查，有何不同，为何不同。与前两次不同的是，这次老师给了学生希望——下次再来，正式上课。

陆给我们讲到这里感叹道：这样半年下来，老师像榨油一样，把我很多很多的毛病都榨得一干二净，基础牢固了，再去跟老师学，一日胜读十年书。

无独有偶，四年大学上完，我到一家出版社报到上班，一个资深老编也给我上了一堂课，也有“榨油”一说。

当时的工作重点是推新人新作，尤其是长篇小说。老编教导我，对待新作者，一定要想方设法榨干他们。什么意思呢？看中的苗子，仔细琢磨，贡献自己全部的挑剔，帮作者找毛病，然后请作者修改。改好的稿子，即便可以通过，也不妨再榨一次，再请他们改一道。如果二次修改不如头次，沿用前次成果即可。但是往往二次修改，作者会有让你和他自己都意想不到的神来之笔。老编一边说，拿出自己当年照此原则“榨”过的名著《林海雪原》举例，据称上边密密麻麻布满红笔，出版稿与作者初稿相比，有天壤之别。

经过这两道“榨油”教诲，我在后来的学习工作中，会不自觉地榨己榨人。榨己还好办，比如此时此刻，把自己散漫的回忆榨成文章；榨人却越来越难了——我还在做编辑，也还在给作者提修改建议，但在当今的很多作者看来，编辑也太把自己当根葱了，他们心里会说，凭什么你说改就要改啊！爱出不出！此处不留爷自有留爷处！

互 文

特别喜欢《文史资料选辑》丛书，经常会在其中看到同一桩陈年旧事，在不同人的记忆里呈现不同的神态，耐人寻味。比如“黄洋界上炮声隆，报道敌军宵遁”这样豪情万丈的场景，据另一人回忆，当时仅打了一发炮弹。这就是一种“互文”。

小时候上作文课，老师说写文章要详略得当，这也是一种“互文”。同一件事，不同的详略，能写出完全相反的意思。不知道别人如何，反正我是由此调动了真正的阅读兴趣。

“互文”是二十世纪六十年代法国后结构主义批评家克里丝蒂娃提出的一个概念，也有人译作“文本间性”，意思是说，任何一个单独的文本都是不自足的，其意义是在与其他文本交互参照、交互指涉的过程中产生的，由此，任何文本都是一种互文。

什么意思呢？《罗生门》知道吧？同一件事，颠来倒去不同角度地说来说去，大致如此吧。

多亏黑泽明1950年拍摄《罗生门》的时候，没有后结构主义，也没有“互文”这个词，要不非得被人斥为概念先行。当然喽，黑泽明之前还有小说原作者芥川龙之介，电影和小说，同样也有详略处理的问题，细究起来，也是“互文”的关系。

中国有句老话：天下文章一大抄，其实也是在说“互文”。往往会有性格倔犟的汉子，死活不承认这一古训，觉得自己一直在创造，按时髦的说法叫坚持原创性；其实这是误会了古人的意思——所谓“一大抄”，当然不是“文抄公”那么个抄法，也肯定不是江南贡院考生们往衣服里子上缝那些字若蝼蚁的四书五经；我理解，就是难以割裂传统，谁也不可能彻底不“互文”的意思。外国有句老话：反其道而行也是一种模仿——反其道而行是创新的极致了吧，结果还是“一大抄”。

与“天下文章一大抄”类似的警句，诗人T. S. 艾略特也说过，语调有点嘲讽：“小诗人借，大诗人偷。”这个句式很容易又让人想起另一句名言：“窃钩者诛，窃国者诸侯。”愣要分析，这二者之间是否也算一种“互文”？

这样说下去，会叫人有点绝望，因为身处今日，真正的独立、原创几乎不可求。按后结构主义理论，任何文本都是过去引文的重新组织，我们天天在说别人说过的话，写别人写过的事。那些所谓永恒主题，比如爱情，不就是这么回事嘛，只是换了一个角度，或者再把某个细节无限放大，仅此而已，都是一种“互文”罢了。

再往下说，不光写作，就连生活本身，也是在不断地重复，重复自己，重复他人，形成“互文”。诗人北岛漂泊多年以后，开始写起散文，对此他总结道：“散文和漂泊之间，按时髦说法，有一种互文关系：散文是在文字中的漂泊，而漂泊是地理与社会意义上的书写。”

说到最后，就连“互文”本身，也是一种“互文”。克里丝蒂娃创造出这样一个概念，巴尔特、德里达们又加以丰富、延展，最终不过是重新开辟一个角度，把前人说过的事再说一遍。

签名售书

签名售书是作者或者出版机构惯用的宣传手段。早几年这招十分奏效，因为渠道闭塞，作家也没像现在这样铺天盖地，在读者心目中，作家就像当年国民党反动派宣传的“赤党”，长着红胡子，非常神秘，有缘相见，机会自是绝不容错过。一有书市，高音喇叭一喊，有幸邀到著名作家某某签名售书，马上黑压压的人头挤过来。

现在呢，社会越来越透明，人们眼界大为开阔，作家在民众心目当中，不过是三百六十行之一。有不识时务者还要把自个儿当根葱，去玩签名售书的把戏，十有八九遭遇尴尬场面，最终落个吃不了兜着走的下场。

我有一次去新华书店，赶上几个时髦作家在签名售书。五名俊杰一字排开，人人面前一堆书，就是没人上前签名，作家们只好互相摆起了龙门阵。我正为他们发愁，身旁一位好心的书店领导，大概实在看不下去了，小声指使手下几个工作人员，让他们回柜上拿点书来扮读者，去给作家们一个台阶。

当然也有盛况空前的签名售书。

有一年去外地出公差，办完公事去城里最大的书店逛。远远只见门前好多人，还有警车，自然还有好多警察，一时间误以为走错了地方到了警察局。凑上前去，只听人群持续而有节奏地高呼：倪萍！倪萍！原来是倪萍在签售其著作《日子》。

隔着里三层外层几千人，看到倪萍一个小脑袋，隐约戳在柜台后边。两边各有两三名书店工作人员，各司其职，配合极为默契。左边将一本本书翻开，一本叠一本，排成一条长龙，向倪萍手头推去；右边则将留有倪萍墨迹的书，也是一条长龙，挨个儿恢复原状，分发到望眼欲穿的读者手中。再看倪萍，悬肘，手握签字笔，在一一推到眼底的书上笔走龙蛇，脑门渗出细密的汗珠顾不得擦，脸上始终保持职业微笑。我看了这情景，想起古人形容滇池湖水的名句：八百里奔来眼底。倪萍眼底远不止八百本书。

还有一年，两个作家随《北京人在纽约》剧组采访几个月，写了本拍摄散记，热销一时。我是这本书的责任编辑，应读者要求，邀作者在王府井新华书店签名售书。到了约定的日子，我起大早赶到书店，想做些准备工作，没想到书店门口等待签名的读者已经绕成盘蛇状，将店前广场围了个水泄不通。

开始卖书了，该剧演员姜文、王姬、马晓晴前来助阵，读者更是蜂拥而上。我在姜文边上正忙着递书，忽见一中年妇女拼命挤到姜文面前，脸上肌肉因幸福变了形，她一把扯过身后三四岁的儿子，推到姜文面前说：姜文姜文，你看我儿子长得像不像你？姜文一下愣了，哭笑不得，牙关使劲咬了咬，可能想骂人，但骂不出口。对此，中年妇女全无觉察，一脸阳光灿烂。

再有一年，我随王安忆到无锡签名售书，在住处巧遇也被邀来签售的范用、丁聪两位前辈。我跟范先生开玩笑：您还真体恤民情，亲自来签名。范先生说：签名是表面文章，听戏才是真实企图。原来范先生酷爱评弹，到了无锡，可以听到正宗评弹了。

据酒店门卫说，那天深夜有一老头，满嘴评弹小调，手舞足蹈，情状怪异地归店。

第二天，王安忆在书店签名售书，我在一边服务，脑子里竟老有评弹调盘旋，挥之不去。当时就想，签名售书这种事，哪天能弄得像听评弹一样悠闲自得就好了。

笔　会

参加过一些笔会，做过组织者，也做过被邀者。山清水秀，呼朋唤侣，大致就那样吧。不过呢，仔细回想印象深刻的几次笔会，也有所获。

第一次，滇西，畹町瑞丽。那会儿路况不好，我们人多，两辆大轿车，颠簸三四天，才从昆明到了目的地。路上时间占去一多半，坏处是辛苦，好处是可以与同行人朝夕相处，又比肩而坐，临到分别才发现，已如同亲人，生了情。不错，现在时髦的“双飞”最省事，可几小时飞机坐下来，能搭句话已属不易，更别提感情了。

说起来，一个“情”字贯穿那场笔会。老话说修百年同行，修千年共枕，一行人日久生情也在情理之中。更有甚者，事隔多年，就在那伙人当中，居然生出一段轰轰烈烈的爱情故事，回忆起来，正是在那漫山遍野的花丛边，满坑满谷的云影间种下的姻缘。

还不止于此，当时有位可爱的老作家，已逾古稀之年，一到大理就吵吵着要离开大部队，独闯虎跳峡。那里当时正修路，悬崖峭壁，险上加险，大家都善意地劝阻。可老汉去意那样坚决，坚决到竟然耍起小孩脾气。最终还是陪同老汉前来的女婿一语道破其中隐情，原来老汉早年随解放大军路过虎跳峡，曾与当地一位姑娘有过一段恋情。想想《柳堡的故事》，九九那个艳阳天，您明白了吧？

几年之后老汉撒手人寰，追悼会那天，我远在北京遥想这桩旧事，想他一定可以安眠地下，因为那次他终于去成了虎跳峡。

第二次，太湖之滨。笔会这种形式，在当时已有蛇尾之嫌。一种形式年头久了，人都疲了，自然生出倦怠，这个正常。主办方体恤民情，挑了个湖滨乡镇安营扎寨，明着告诉各位，只管好吃好喝。

那次笔会给我留下的印象，确是一个“吃”字。正是金秋送爽、蟹肥季节，众人馋了多年的阳澄湖大闸蟹端上桌。可是刚过一天，出问题了。住的是个乡镇宾馆，种种硬件极其奢华不假，但软件不行，大厨手艺差强人意，一桌饭菜可口者几近于零。主办方与大家商量，要不换个地儿？有人小声提议：别费那事儿了，反正螃蟹不用怎么做，清蒸就好，管够就成。此话一出应者云集。从此每天大开螃蟹宴，一天三顿饭，早晚每人各四只，中午每人各六只。一星期吃下来，真叫大快朵颐。

转年秋天的一个傍晚，我在北京家中。妈妈买来螃蟹和黄酒，要款待一家老小。不想我一见黄澄澄的螃蟹，差点没吐出来。号称什么都吃的我终于有了一样吃伤的东西。

第三次，深圳。新朋老友大聚会，其乐融融，吃得好住得好，参观访问安排新颖，听庭审，去看守所，都是从未经历的事，大开眼界。可是人兴奋不起来，白天随人群东西转悠，晚上在酒店上网或者念书，有点闷闷的。怎么是这种精神状态呢？城市让我恐慌？窗外车流让我厌烦？好像又都不是。直到有一天，豁然开朗。

那天去抚仙湖植物园，千万绿色奔来眼底，神气一振。植物园真大呀，我们在林间穿行，在溪水边逗蛇，在草地轰然躺倒，仰望蓝天白云，仙境不过如此。最后来到一个植物大棚，棚里几千株高低不同的植物，每个旁边别着标签，介绍它们的学名俗名，哪类哪科。我们排成一行逐个看下去，好多以前只听说过名字的植物，全在这里见到真身，只恨自己没长八个脑袋，将它们全都烙在脑海。

临出大棚，同行一位高人看看最靠门口的一株植物说："龙舌兰！原来龙舌兰就是这个样子的呀！"说完又打趣道，"行了，死死记住这一个，就算不虚此行。"说完甩步出门。

这话让我一下子醒过神来，我闷闷的原因，原只是乱事缠身，心不定。比如我看那些植物，斤斤计较于它们姓甚名谁，高矮肥瘦，可这些不过是“记问之学”，又何必计较。要紧的是人心清净求智慧。所谓随动随静，忘内忘外，那些植物，看它们绿，看它们活着，看它们与我形同手足，共同生长在同一片天空下，这已经足够令人欣喜。这么说来，深圳又何妨看做滇西的苍翠峡谷，城市的车流又何妨看做一一消失在眼前的树？

这次笔会于我，也有一个字可作总结，就是“醒”。

前后三次笔会，从宛如少年的情怀荡漾，到青年似的食不厌多，再到形同中年的求心清定，很像一个人的成长轨迹，也可以顺便说成是笔会这一聚会形式的发展史。而我在这段时间里，也从一个“同学少年”长成一个中年肥汉，这是我的收获。

作家也结巴

从前的人，对读书人总是礼敬三分，原因之一是读书人少，物以稀为贵。“文革”当中，我父母分别被打成“右派”和“反革命”，下放到农村。他们自己心思重得不得了，觉得抬不起头，周围的乡亲可不管你是红是黑，一概热情对待，打起招呼来，叫的是“先生”。

现在读书的人多了，“先生”这个词已非专指，和“你、我、他”一样，成了最普通的代词，引不起任何特别关注。比如在饭馆吃饭，跑堂的是个小伙子，你会喊：先生，加一份红烧猪手！谁也不会把那小伙子当成读书人。

别说读书人了，就连写书的人也不算什么稀奇，晚上去酒吧坐坐，满场子三分之一是混混，三分之一是艺术家，还有三分之一就是作家。简化一点说，你管他们所有人都叫混混，也没什么大错。

说起来这是好事儿，有点还作家本来面目的意思，因为作家本来就没什么特殊，他们的写作，与纺纱织布、炼钢盖楼一样，就是一门职业，任何身体健康、具备本职业一些必备条件的人，都可以试着去做。所以，作家们犯点错误，比如曾经站错阶级立场，比如日常言辞激烈一些，比如先自设一项大奖，再让自个儿去“荣获”，这些都是人之常情，大可不必讨论来讨论去，甚至还要审判，还逼人家忏悔。

作家是正常人的例证之一是：作家当中也有结巴。按说作家以语言文字为武器，结巴却是语言文字的大敌，二者不好联系在一起。可造化弄人，就让他们结巴了。好在结果证明结巴照样当作家，而且还都当得挺招人喜欢，至少我是这么认为。

我读大学时，一个红极一时的文艺批评家，写作之余给我们开一门文艺美学课。课讲得好，课堂上欢声笑语，气氛热烈。因为是文艺美学，所以不时会提及大师及其作品，比如巴尔扎克和他的《人间喜剧》。偏偏这位青年才俊每回说到“巴尔扎克”，止不住要结巴。“巴”字出了口，后边的“尔扎克”滞在口腔里迟迟顺不出来，憋得满脸通红。时间久了，我们发现这一特点，下次他“巴”字刚出口，正为后边的字着急，我们就大声说：知道了，巴尔扎克，接着讲吧。他便会心而略带感激地一笑，如释重负地继续精彩演讲。

还有个结巴的作家朋友，平日好作总结性发言。有次朋友聚会，议论起辞职下海的事。正方意见是不应随便丢弃公职，反方意见是坚决要商海一搏，争得脸红脖子粗。这时，一直沉默不语的这位朋友力排众议道：我同意正方意见，鱼儿离不开——开水嘛！反方的人一听，差点儿没乐喷，说鱼在开水里？那是鱼汤！

我因工作关系，与不少外地作家常有联系。早年靠写信，后来电话普及了，信就越来越少。时日一长，竟还有些感慨，觉得打电话总不如写信文雅。于是非常感谢其中一位作家朋友，因为她拒绝用电话，一直坚持写信。终于有一天，她因有急事要找我，给我打了个电话，这才发现，她这么做也是为了避免不必要的尴尬——那天我正在家闲坐，电话突然响起来，抄起听筒喂了一声，对方没有任何反应。又连着喂了两声，仍无任何回应。刚要挂断，突然对方传来一声显然已经憋了好几秒钟的一声招呼：我是某某。

我说这些逸事，绝非对口吃者不恭，所以本文开头颇费口舌讲了作家也是平常人的道理。同样，口吃者也是一般人，就像我心脏不好，还过早腆出个将军肚一样，口吃也是常人常态。人哪有十全十美的呢？

秋凉好读传记书

传记类图书一直是图书市场的常青树，虽然大畅销的很少，形形色色的传记却也始终傲然独占一席，引人寻味。

我小时候看过两本传记，印象深刻。一本是京戏名角盖叫天的自传。从当时名震一时的《傅雷家书》中得知此书的优秀，市面上居然遍寻不着，费尽周折，才在学校图书馆的库本阅览室找到。还有一本是美国现代舞蹈家邓肯的传记。记得书里有几张插页，是青年邓肯的种种舞姿，宛若女神，激荡一颗少年的心。

很多人看传记是为励志，再或者是满足好奇心，我喜欢的这两本，在这两点上都差强人意，我喜欢它们，根源还在无论传主还是传记的写作，都很文艺。年轻时，文艺是多迷人的一个尤物。

最近重看老书，看到毛姆名著《月亮与六便士》。这其实是另一种传记，里边那位特立独行、在塔西提岛找到归宿的画家，稍有些常识的人，都会从其身上看到油画大师高更的影子。不过毛姆选择了他熟悉的小说体裁来写高更，所以揉进不少自己的“私货”。所谓假作真时真亦假，说它是传记，显然不对；说它是小说，也未得其精髓。

由此想到，中外古今很多小说家，他们的长篇处女作中，自己这个原型往往迫不及待跳出来亮相，从这意义上说，很多小说其实可以当传记看的。

传记大致分三种，一种是自传，一种是他人作传，还有一种是年谱（当然年谱又可以分成自谱、他谱两种）。这三个类型里，我喜欢读年谱，原因很简单，既然读传记，喜欢文艺怎么也是次一等的事情，首当其冲还是想了解传主其人。自传或者他传，因为创作体裁的关系，往往文艺性强一些，所以写作上非常自由，这样一来，避重就轻，或者为尊者忌讳的事情就容易发生。年谱呢，当然也有略去不提，或者概而述之的可能，但因写作体例的束缚，往往较难如此方便地作弊。例如一本年谱中，1980年的每一天都翔实记录，着墨甚重，可到了1981年就刚开头便煞尾，那样漏洞也太明显了，读者那里恐怕交代不过去。

既是年谱，就不会像普通传记那样，可以跳跃，可以蒙太奇，可以详略得当。年谱要求的是，按时间顺序，逐年逐月，甚至逐日记述衣食住行、公私各方面的交游，甚至精神变幻轨迹。通过这些排列整齐的条目，读者仿佛展开传主一生的全幅生活画卷，清晰观察传主每一言谈举止，管窥其隐秘的精神世界。有心的读者还可以通过若干蛛丝马迹，探求出一些隐藏很深的奇闻逸事。比如有好事者就通过对照鲁迅的年谱，探求出其日记中一些常用词的符号学含义。读者还可以追本溯源，以中规中矩的年谱做原材料，根据自己的兴趣所在，来一番剪切粘贴，即可拼贴组合出一条灵动闪光的独特线索。比如同样一本《毛泽东年谱》，有人读到的是领袖人格的闪亮，有人读到的是政治风云的变幻无常，但是也有人把他当成一个作家，从厚厚的年谱中，单单剪贴出一个作家写作进步的轨迹图。

年谱中还有种形式叫年谱长编，这又是年谱中最好看的。比如曾经精读过的《胡适年谱长编》，除了胡适本人的年谱以外，还有很多相关内容做附录，简直可以当成胡适著作合集，甚至一部民国史看。近来不少人发心钩沉“文革”历史，前不久看到《万象》上一篇长文，是把周恩来、郑振铎、郭小川等人的年谱或日记作比照，同一件事，不同的视角，不同的记录，什么多余话都甭说了，震撼人心。这就是年谱长编这一形式的延展。

老书重读的日子淡淡地、默默地继续着，从天乍暖，读到炎炎盛夏，昔日曾在双手之间两眼面前盛开的朵朵莲花，被我读得重新绽放。不知不觉中天气陡然变凉，夜深人静的时候下楼走走，秋风开始扫落叶了，新一轮的枯荣又已拉开序幕。我的老书重读活动至此正好读到《弘一法师年谱》，在字里行间安静体味着传主的一取一舍、一悲一欣，周遭万籁，好似俱寂。

语词乱炖

始与终

汉语言文字的历史太悠久了，演变过程当中，出现很多有趣现象，比如一词多义、古义今义引申义；还比如多似牛毛的同义词、反义词……我做编辑工作，天天和文字打交道，渐渐对这些词汇生了感情，浸淫其中，抠抠唆唆，咬文嚼字，并非要做训诂的学问，不过是胡乱联想，从词语发端，想到现下的现实生活，乱炖一锅粥，自得其乐。

先说“始”与“终”。

“始”与“终”是一组对应词，连在一起组词，绝大部分是好义。像上边说到的有始有终、始终如一；还有善始善终、始终不渝，等等。从中不难看出，求完整、求长久，至少是使用汉语言文字者的一种根深蒂固的基本意识。

不过也有例外，“始”与“终”也能组出贬义词。比如“始乱终弃”。按我手头一本《成语词典》的释义，是指“先是喜爱而加以玩弄，后来变心就将其遗弃。多指玩弄女性的不道德行为”。

这里有两个问题让人联想：一是所谓“玩弄”，在我看来，有很强的中国古代特色。古时候的女性，社会、经济地位都不独立，处于从属格，所以无论是乱还是弃，于女性一方都是被动从之。因此，贬义成立。但是放到今天来讲，男女平等，都是自由恋爱，要乱也是互乱，没有主从之分吧？更谈不上谁弃谁。那种觉得和男人亲密一下，自己不是吃亏也是奉献的女人，大脑这块硬盘实在应该格式化了。

二是所谓“始”与“终”，说的是个时间概念，而时间只是我们认知世界的一种方式而已，它是不实的，根本不存在明确的“始”与“终”。《楞严经》里讲，“东西南北东南西南东北西北上下为界，过去现在未来为世”，我们就凭时间、空间这两大基本概念去认知大千世界，一切都在此范畴内进行，不越雷池半步。可是，仔细琢磨一下，就会发现时间并非实有。具体到男女情事，散了这个好了那个，过去的散，对今天的合来说，又是一个“始”，一切因缘而生，怎么说得清哪个是开始，哪个是结束？都是自以为罢了。

如此说来，“始乱终弃”在今天，是个中性词。有趣的是，“乱”字本身，除了我们通常以为的贬义之外，确实就有中性的意思。古时乐曲的开端，叫“始”，乐曲的结束叫“乱”。由始至乱，叫“一成”。“乱”就是合乐，犹如今天的合唱。

拆

看澳网公开赛，中场休息时，转播镜头一瞬间掠过看台上一位大胡子老外，穿着红色T恤，当胸有个白漆画的圆圈，内有手写体汉字一个：拆。这符号北京人再熟悉不过，它就像仙女姐姐手上的魔法棒，凡所到处，先是一片瓦砾，继而各种难看的高楼大厦拔地而起，北京就这样日新月异起来的。

穿衣者是否明白这符号的含义不得而知，至少制衣者的创意，有游戏成分。哪怕其最终目的是讽刺批判，也是用了游戏的方式。

可巧，《辞源》“拆”字条目下的词汇虽然不多，但也条条游戏精神十足——“拆字”：任举一字，加以分合增减，随机附会，以解释吉凶。就是俗称的测字啦。“拆字诗”：拆字为句写成的诗，比如“日月明朝昏，山风岚自起”之类。“拆白道字”：用拆字法说话表意的一种文字游戏，盛行于宋元，比如黄庭坚的词“你共人女边著子，争知我门里挑心”。说得云山雾罩，其实意思就是“好闷”二字。

拆字是游戏，拆字诗是游戏，拆白道字是游戏，大胡子老外穿那件T恤是游戏，在一件T恤上画拆字符也是游戏。身为当代北京人的我，看到这个“拆”，却毫无半点游戏的胸襟，因为我知道一些事情，都和这个“拆”字难拆难分。

1417年，北京至少有如下几座城门竣工：中华门、长安左门、长安右门、西安门。1912年，拆长安左、右门的石门槛，次年长安街正式通车，城门迟至1952年最终难逃拆运。1959年，拆中华门。西安门倒是没被人拆过，不过1950年冬，因摊贩不慎于火，焚毁。

1420年，北京城至少又有两座城门竣工：地安门、天安门。天安门今天还在，地安门1954年被拆。

1436年，北京分别取了“崇文德也”和“武节是宣”之意，修崇文、宣武二门。1927年，拆宣武门箭楼，1930年，拆城台及瓮城。1950年，拆崇文门瓮城墙，1965年，拆城楼。

1439年，北京城至少又有如下几座城门竣工：朝阳门、东直门、安定门、德胜门、西直门、阜成门。1921年，德胜门因梁架朽坏，城楼被拆，现在留着的，是箭楼。1953年，拆阜成门瓮城、箭楼台基，1965年，拆城楼。1956年，拆安定门箭楼，1969年，修地铁，拆其城楼。还是1956年，因沦为“危险建筑”，朝阳门城楼被拆，两年后拆箭楼。1965年，拆东直门。1969年，也是因为地铁要经过，拆西直门……

如此密集的“拆”字，令我头晕目眩，哭的心都有，何来游戏的心思。要说游戏，不过六百年的时间，人们把费了九牛二虎之力建好的那么多建筑杰作，又一一拆除，这还真像是小孩子玩搭积木游戏，一个不高兴之间，一巴掌胡噜个精光。

听说，当年多尔衮打进北京城，先进的朝阳门，而李自成打进北京时，将一支铁箭射在西安门的匾额上；听说，明清时代，每晚关城门，唯有西直门会为那些给皇宫送山泉水的车子专开城一次，故有水门之称，因此城门洞里专门砌了一方水纹石；听说，阜成门因是通往京西的门户，煤炭由此门进城，所以城门洞里砌有一块镌刻梅花的石条，以谐“煤”音，所谓“阜城梅花”……

听过很多这样的意味深长的故事，个个令我神往不已，可惜事到如今，也只能听说了，因为，拆啦，都拆啦！

会

有几年，我在单位当了芝麻官，陡然间，频繁的朋友聚会常常无法出席了。那头电话打过来催：还不到？回答一般是三个字：在开会。嗓音压得低低的。不久，朋友们根据我这劣迹，给起了外号“杨开会”。叫起来有几分幽默。

当年“右派反党言论”有句话：国民党的税，共产党的会。其实平心而论，会多乃全球普遍现象，几个供职外企的朋友，一天下来，不开它十个八个会，都跟没上班似的。外国人也爱开会。

一般来说，职位越高者，会议越多。《辞源》“会议”条目的释义是：集众议事。例句是汉代蔡邕《独断》上：“凡章表皆启封，其言密事，得帛囊盛；其有疑事，公卿百官会议。”你看，古时候开会就是公卿百官的事情。现代社会呢？政府部门没待过，没有发言权；至少中资、外资各类企业里，开会还是“公卿百官”的事。全体职工大会不能老开，场地都难找，还是让公卿百官代表吧。这是社会组织特性之一，没什么好说的。

“会”字在“会议”一词中，作“聚集”讲，此外还有多层意思。比如——

“会”也作“会面、相见”讲。这让我想到，不少老年人退休后天天宅着，很少见到昔日同事。但是，如果赶上老同事的追悼会，就有机会相见碰头了。很多年前，我有生以来头一遭参加追悼会，只见殡仪馆外小广场上，场面竟如老友聚会，热闹非凡，白发苍苍的死者生前好友串来串去，当下诧异不已。现在明白，那既是追悼会，也是老友见面会。

“会”还作“时机、机会”讲。《三国演义》里孔琳替袁绍起草的“讨豫州文”里说，“此乃忠臣肝脑涂地之秋，烈士立功之会”。这里的“会”，即时机、机会之意。不过我还是想到了与开会有关的“时机、机会”，想起看过的不少现代历史人物传记，多少伟人辉煌的一生，都起自一次会议。还想起一个老掉牙的段子：单位分房会，差一套房，怎么也分不匀，都干耗着。终于有人憋不住上了趟厕所，回来会已散，他当然是牺牲品。这是“时机、机会”的反面。

“会”还作“领悟、理解”讲。比如陶渊明《五柳先生传》里的名句：“好读书，不求甚解，每有会意，便欣然忘食。”我仍然想到与开会有关的“领悟、理解”。经常在一些会议闭幕时听到这类的话：这次会议开得很成功，请大家回到各自的单位，把这次会议的精神传达下去，贯彻落实……可往往到头来“精神”一项得不到实现。究其原因，并非那些“精神”假大空，而是开会的人根本没有“领悟、理解”那些合理规划，瞎猫逮死耗子呢。

“会”字还有其他一些意思，此处不论，单说以“会”为偏旁组字的情况并不多，常见的有俩：“绘”与“荟”。“绘”是彩绣、绘画之意；“荟”是草多的样子。这两个意思，也很像我参加过的各式会议——文过饰非、描红贴金，很像在彩绣吧？废话一箩筐，没一句说到点子上，很像杂草丛生的样子。

了

“了”读作liǎo时，有好几层意思，此处不赘；读作le时，是个语气助词，一般用在动词后面或者句末，表示一个过程已经完了。

该完完它的，因果本来互生，那边完了，不妨碍我这边拿它开始，今天要从作为语气助词的这个“了”说起。

读作liǎo的“了”，写文章、说话不一定用到；读作le的“了”则不然。现代汉语中，口语、书面语都算上，缺了这个字，太难成篇了。

“了”成为语气助词，大约是很晚的事。《古汉语常用字字典》根本没收这个字。《辞源》里倒是有，找到的最早例句，出自《宣和遗事》——已是大宋年间。

不光是“了”，汉语学者王力先生在著作中说：原始时代的汉语可能没有语气词。直到西周时代，语气词还用得很少。他统计了整部《尚书》，没发现一个“也”，“乎”有一个（其实有六个，但那五个都是介词，不属此列），另外还有七个“矣”，一百十六个“哉”。

王力先生还总结过一个有趣现象：汉语发展史上，古时常用的语气助词，全都没有在口语里留传下来。我们读《论语》、《孟子》，里面那么多的“也、矣、耳、焉、乎、哉、欤、耶”之类，在现代口语中，一点痕迹没留下。也正因此，鲁迅笔下的孔乙己，以一句“多乎哉，不多也”，奠定了非口语化的读书人地位。拢共六个字一句话，半数古时候的语气助词。

那些文绉绉的词虽然消失了，日常说话语气助词仍然不可或缺，于是一些新兴的语气助词取而代之：“的、啊、呀、呢、哩、吧”，等等。

语气助词不起眼，大多数人写作、说话时，都不太留意它的使用。其结果是：经常毫无来由地四处乱飞，影响一个人口头或者笔下表达的效果。多余的那些助词，会让句子很累赘，不干净。

去年我编一位作者的小说，主题、人物、情节都不错，就是文字粗了些。句子中太多的“啊、呢、吧、的、了、呀”，阅读过程很像雨天在泥泞的乡间小路行走，鞋底厚厚一层烂泥，步履维艰。后来我采取逐句删字法进行编辑，即将每一句中的废字删除。最终，原本二十万字的书稿，在基本没有完整删除一句原话的情况下，愣是被删掉五万字。也就是说，如果平均每句话二十个字，这句话中就有五个废字。

比如，“整个的行进过程中，小王一直是紧紧攥着拳头的”，改成“整个行进过程中，小王一直紧紧攥着拳头”，删了两个“的”，一个“是”。再比如，“有客人来了的时候吧，小王就会从病床上坐起来了”，改成“有客人时，小王就会从病床上坐起来”，删了六个可有可无的字，意思完全不变，句子却干净多了。

从语法说起，至此已说到编辑故事了，不妨岔向更远结“了”尾。曾经写过一段时间电视剧，制片方怕编剧偷懒，经常坚持要在合同里规定每集多少字数。我跟他们说，这一条款对文字工作者而言形同虚设，想要字数涨出来太容易了，原本“日出”俩字交代得清清楚楚吧？写成“一轮红日喷薄而出”，如何？

词组的重码

刚参加工作时，我在出版社当了大半年的专业校对。那时出书还都铅排呢，在校样上挑错，特别要注意那些字形相近的字，别用混了。比如“己”排成“已”，“赢”排成“嬴”或者“羸”。

后来有了方正电脑排版系统。我虽离开了校对科，但校样仍需通读，所以校样还是不离左右。排版手段的科技化，带来错误的复杂化。负责文字录入的，基本都是使用五笔输入法。五笔本来就是从字形入手设计的，所以字形接近的错误仍属常见。与此同时，五笔输入软件还有词组功能，录入员为了提高打字速度，尽量使用词组输入法，结果出现了一些千奇百怪的错误。比如好端端一句话，中间猛不丁儿出现个“鹇”字，没头没脑的。咋回事呢？“新鲜”二字当词组输入出现的重码。

时间一长，这类重码错误见多了，非但不以为怪，还渐渐从中发现了好多小乐趣。比如“诺言”和“谎言”重码；“地方党委”和“老谋深算”重码；“幸福”和“丧礼”重码；“文物”和“废弃物”重码；“剧本”和“尼古丁”重码；“伤口”和“作品”重码；“基督教”和“邪教”重码……最逗的是，“五笔”和“开玩笑”也是重码。

五笔输入法的要点，是把汉字拆分还原成山、水、云、雨、土、石、草这样的字根。我们老祖宗造字时，身边的世界简单而天然，他们首先要为身边诸物命名，于是首先就有了山、水、云、雨、土、石、草、犬、羊、竹、禾、目、日、虫、川、田……笔画一律那样少，却又是那样精，别小看它们，它们是组成这个世界的根本。

世界越来越复杂，新鲜事物层出不穷，要认知世界、描述世界，字就越造越多，也就越来越复杂。而最早生发出来的那些字，也就成了偏旁。偏旁加偏旁，偏旁再加新造出的偏旁，如此循环往复，排列组合，便有了如今这许多的字。

字既多了，又越来越复杂，重码就难免，错误也就越来越多。

说到此处，我显然不仅仅是在说五笔，说字词，说重码了。

陌生的字词

很多人都有这样的经验，盯着一个字，或者一个词看久了，那字词会突然变得不认识。

我做校对时常遇到这种情况。每逢这种时候，我都有点莫名的兴奋，会放纵自己在那种恍然、木然状态多待会儿，我有点喜欢那种熟悉的事物突然陌生到虚的感觉。

这种陌生化现象，与注意力问题有关，从科学角度可解释得一清二楚。不过对于字词还有另一种陌生感，就不仅仅是科学问题，还与人文历史有关。

我们每天说话、阅读、写作，使用成千上万的字词。这些字词当中，有很多使用极为频繁，熟视无睹，可是一旦细究，都会产生陌生感。

比如我们常会说到“世界”、“社稷”、“切磋”、“琢磨”这样的词汇。我们都是把它们当成词汇的最小单元在用，“世界”是指自然界和人类社会的一切事物的总和；“社稷”是指国家；“切磋”、“琢磨”都是指互相研究，互相学习长处，纠正缺点，诸如此类。然而，稍微深入一步就会发现，它们其实分别都是两个词的组合，“世”为迁流，“界”为方位；“世”属于时间范畴，“界”则是对方位的界定。“世界”是由“世”与“界”两个最小单元词汇组成的。“社”是土地神，“稷”是谷神，不是一回事儿，只是古时君主常常把这俩神搁在一起拜祭，后来才把两个词连在一起表意国家。

“切”和“磋”最初是先人们鼓捣动物骨角，将之变为工具或者首饰的不同手段；“琢”和“磨”则是先人们鼓捣玉石，将之变为工具或者首饰的不同手段。《诗经》里有著名的句子“如切如磋，如琢如磨”，有此对照即可知道，现代汉语中的“琢磨”、“切磋”同样都是可以再拆分的组合词。

这样的例子，在现代汉语中举不胜举，概因汉语词汇在初创阶段，大多是单字词，后来随着社会越来越复杂，常用词汇才变成了以双字词为主。

当然，肯定不是所有双字词汇都可以再拆分，现代汉语中很多外来语词汇，就都是独立的最小组词单元构成，作家阿城在《闲话闲说》一书里举过大量例子：“典型”、“肯定”、“自由”、“条件”、“流行”、“认为”、“解决”、“调节”、“紧张”……这些词都是从日文引进的。阿城举完这些例子后，笔锋一转戏言道：“如果我们将引进的所有汉字形日文词剔除干净，一个现代的中国读书人几乎就不能写文章或者说话了。”

“耐”情

中国人比较腼腆，我爱你、亲爱的、爱情这些语词常常羞于出口。相声小品一向以贴近现实、褒贬时事为己任，作品表演中，这些语词经常被羞涩地念成“我耐你”、“亲耐的”、“耐情”。

一个“耐”字，误打误撞，倒是一语道破世间万种风情的最根本。

有个文化名人，年轻时候在印刷厂做排字工人。赶上国家颁布第一部婚姻法，他负责这一法律文件的排版工作，结果出了个大错，令他终生难忘——“一夫一妻制”被他排成了“一天一妻制”。

一天一妻可能是好多人的幻想，可仔细琢磨琢磨，也只能是幻想。别说在新社会是万万不能的，就算在封建社会，九五之尊有这便利条件，身体也不是万能的。你看几千年封建王朝下来，皇帝老儿那么多，哪个真就一天一妻了？还有个叫西门庆的，自吹自擂到那种地步，不过金瓶梅仨人下来，就要了盒儿钱。

因为需要每天都做同一件事，所以最难。激情因为来势暴烈，所以去势也如山倒。速战速决、逞一时之勇真的不难，难的是日复一日，年复一年，天天重复日常琐事。好比夫妻一场，几十年恩爱，每日不过上班下班，同锅吃饭，同枕共眠，偶尔闹个相思，隔三差五激情粲然；真想熬到白头到老共化蝶飞，很难，因为千好万好到了最后，早已灰飞烟灭，等待你的只有一样，就是“耐”得住。

与此类似的情况，好比重感冒，每天中药西药大瓶小瓶伺候；或者干脆，狠一点儿打比方——得了癌症，天天要化疗，都上赶着麻利儿就去了，很少有人不坚持。可是，前有先贤，后有无数健康指南类的报刊，都曾谆谆教导我们，每天清晨喝杯白开水、能走楼梯就别坐电梯、能走路就别坐车、把时间和精力放在学习和工作上而非胡思乱想自寻烦恼……这些说起来都是太容易的事，几个人做到了？

重感冒也好，癌症也罢，正像一场激情，来得快去得快，大不了一死了之；而日复一日的白开水、走楼梯，就像同床共枕到白头，平淡无奇一眼望不到头，所以做着做着就没“耐”力，歇菜了。

有一种速效救心丸的广告说：犯了再吃，不如常吃不犯。三国时的刘备给儿子留话：勿以恶小而为之，勿以善小而不为。由此上溯至先秦时代的孔子，他转引曾子的话说：吾日三省乎己……古往今来，无数人在重复同一个话题，留下的典籍汗牛充栋，千言万语汇成一个中心思想，就是坚持，就是日复一日周而复始。再进一步简化为一个字，就是个“耐”字。

老派歌手齐秦在一首歌里唱道：生活有点忙，坚持有点难。如此烦乱忙碌的现代生活里，你能坚持吗？你有“耐”情吗？

奔

“奔”字流行，常听人感慨年纪大时会说：都奔三啦！或者：都奔四啦！

“奔”读作去声（第四声）时，按《现代汉语词典》解释，本来就有“年纪接近”之意，所以，所谓新近流行，“奔”字的用法并不新。新处在于，将三十岁、四十岁缩略成三、四。

大量缩略语涌现，且缩略得一派自由自在、天真烂漫，比如“旋转木马”成了“旋木”、“幸福花园”成了“幸花”，这算近年语词发展的一大特征，所以说，关键在缩略。

不过缩略的修辞方式，只是我想说的第一层意思，还有更值得琢磨的。

《现代汉语词典》的解释中，“年纪接近”后边还有个括号，括起了补充释义：“奔，年纪接近（四十岁、五十岁等）。”你看，以前人说“奔”多大岁数，多指真的奔向老年；而现在人，三十、四十就用上了“奔”。是对生老病死的恐惧加深了？抑或现在人更矫情，年纪轻轻就无病呻吟、顾影自怜？

不管怎样，“奔”字用在说年龄这事儿上，听上去总有点悲愤，有点不情愿，还有点悲凉，一句话，很负面，完全不似它原始本意“奔跑”那样开拓进取、神采盎然。“忽奔走以先后兮，及前王之踵武”（屈原《离骚》），你看这个“奔”，多积极向上。

话说回来，“奔”字有负面倾向，也是自古有之。回忆一下中学课本里学过的“郑伯克段于鄢”故事吧，早在春秋战国时代，就有“五月辛丑，大叔出奔共”的说法了。《论语》中也有“孟之反不伐。奔而殿。将入门，策其马曰：‘非敢后也，马不进也。’”这两处的“奔”，都是逃跑之意。

负面意思还不止于逃跑，“奔”在古汉语中，还特指女子不依礼教，私自投奔所爱男子。这在古代，是大逆不道的最高级别。最有名的例子当然是《史记》里写卓文君和司马相如贤伉俪：“文君夜亡奔相如。”奔，私奔也。

汉语语法里，有“泛指”、“特指”之分。比如“女”泛指女子，但和“士”对举时，就特指未婚的姑娘；“金”泛指金属，但经常特指黄金。“奔”呢，泛指奔跑，但又特指战败逃跑，以及女子私奔。对此，语言学家蒋绍愚曾总结：因为“奔”字在战争和婚嫁等方面经常使用，这种语言环境所赋予的意义，就逐渐依附在“奔”的词义上了。

说完这个“奔”，不禁想到读书和读书不一样，说话和说话不一样，如我这样做文字工作的人，对文字太过热爱，因而太过敏感，总是斤斤计较，恨不得每个字词都能牵出一堆联想，累得很。若能少点抠抠唆唆，读书、说话该多轻松愉快。

就此打住，否则我的负面情绪也该上来了，也得“奔”了。这时的“奔”，特指逃跑。

@

微博红到发紫。最拉风的人、最时髦的事，都得去微博找。一百年后如果有人想号这两年的社会脉搏，首先得备齐一份资料，就是每天微博的常用字词。

总结微博出现频率最高的字词，“@”是最容易被忽略的一个。当然严格说起来，它不是字词，是个字符。

千万人在微博上@来@去，五湖四海被@成了140个汉字那么窄的小胡同。这支队伍还在以惊人的速度壮大，不时可见微博前辈教导新来这条胡同的菜鸟：@完名字，您得空一格儿，不然我看不到。

@就是这样一个人造的小玩意儿，因为互相之间一些简单粗暴的约定，成了人与人之间一条联结的黄金纽带，尤其是在今天。

其实也就四十年前，@才被应用在电子邮件互发的命令中。据说是在1971年，与美国国防部关系密切的BBN电脑公司有个工程师汤姆林森，奉命寻找一种电子邮箱地址的表现格式，他需要一个标识，把个人的名字同他所用的主机分开。汤姆林森一眼就选中了“@”这个在人名之中绝不会出现的符号。四十年后，几乎人人身份识别材料中，都有了个@。

专家考证，@这一字符最早出现在中世纪的佛罗伦萨，当时被用作表示酒的容积量。当时一个@的酒，大致相当于今天的114加仑。后来，人们在书写中，因为at一词频繁出现，于是用@代替。古今汉语中都有相似的例子，古时书信结尾有专门符号表示“顿首”之意，现代很多人还将“问题”写成“闩”。

再后来，@还有很多故事，它还有不少外号，如果感兴趣，可以直接上网查，我就不在这里抄了。

前两天读到一篇新书介绍，说有人写了一本书名叫《OK》，书中说，人类登月那么宏大的叙事，人人都知道“我的一小步人类一大步”的故事；稍加钻研过的人还知道，在此之前，人类在月球上的第一句话是“报告休斯敦……”可是极少有人知道，报告休斯敦之前还有“OK，引擎关闭”。“OK”，也许才是真正意义上人类在月球说出的第一句话。

当时想到@。这世界每天新产生多少万亿的文字，广大若银河系，里头就有好多@，像小蝌蚪一样，渺小如芥子，没人留意。这世界每天有海量的邮件在空气中飞来飞去，无一例外都要从@这粒小沙子当中穿过，仍然没人留意。然而，“OK”随便一展开，便是一本书；“@”随便一展开，便已说到中世纪……真的是每一粒芥子里都蕴涵着大千世界。

第三辑

书犹如此

钟叔河先生是编辑大家，一辈子对文字孜孜以求。从十几年前开始，一来有感于世人作文越来越冗长乏味，二来也是为课孙——对小孙子进行一些文字启蒙，孜孜不倦地抄起古书。当然是有选择地抄，选择的标准，是一个“短”字，短到一律不过百字。然后配以今译，再由此出发，言简意赅地抒发些自己的见识。流年似水一晃而过，后来汇集成册，有了一本《念楼学短》。那天逛书店，花花绿绿的书堆中一眼看到，素面而精致的形式、勤恳而踏实的内容，是典型的一个编辑对书籍穷其一生的热爱与追求。我也是编辑出身，当即被它打动了心。

书内的短文上自《论语》，下至郑燮，大多以前读过。《论语》、《庄子》不必说了，即如《世说》或者明清笔记里的一些精彩段落，也曾经耳濡目染甚至击节赞叹，所以读来像是多年不见的亲友大聚会，多少往事被唤醒，大欣喜里有回忆的欷歔和淡淡的哀愁。

这样的书，可以随时拿起，任意翻开一页念下去，就像《世说》里记载的王子猷雪夜访戴的故事——冬夜一觉睡醒，酌酒。窗外大雪，四望皎然，想起故人，连夜乘小船前往造访。经宿方至，到得门前，却又离开了，所谓乘兴而来，尽兴而返。

这样的书，可以把你从乱心的生活纷扰中抽出，换片刻宁静，就像明朝末年的叶绍袁所描绘的那样——夜中偶起，白月挂天，频风隐树，四顾无声，遥村吠犬，渔棹泼刺，萤火乱飞，极夜景之幽趣。

这样的书，可以帮你重新体会读书写字的乐趣，就像苏东坡说过的——明窗几净，笔砚纸墨皆极精良，亦自是人生一乐事。

当然，如果你正在人生奋斗途中一路狂奔，这样的书也容易把你读老，老到像傅青主——老人家甚是不待动，没写两三行字，眼皮就开始发黏，快睁不开了。倒是哪里有唱“三倒腔”的，和村老汉都坐在板凳上，听听《飞龙闹勾栏》什么的，还多少有些兴趣，可以打发时光。

一本小小的文选，能从任意一个角度去读，去体会，换回的，还是那个话，是欣喜，是回忆的欷歔和淡淡的哀愁。

对，哀愁，哀愁说来就来。

年末最后一天，晴朗的天空下，我枯坐陋室翻开此书，直念到夜幕覆满整个城市，忽然想起长眠多年的父亲。想起父亲像许多老人一样，也做过“课孙”这样的事，在他虚弱的晚年，曾经学习胡适当年抄写“每日一诗”，为他的外孙抄下厚厚一摞唐诗宋词。生字逐一注音，旁边不时还有返老还童风格的图画（父亲下放二十年里，教过中学的美术课）。想起父亲临终前，站在病房窗户边，望着楼下一群儿童嬉闹快活，他说：想小外孙了，想回家，看他在院子里踢球。这是他留在人世间最后的话。

父亲和钟叔河一样，也做了半辈子编辑，现在是我，又和文字打上了专业交道，所以才会来读《念楼学短》这样的书，才会读出些哀愁，才会写这样一篇文章。

人脑没有那么复杂

鲁迅著作的最权威编辑版本，应属人民文学出版社的《鲁迅全集》，前不久，通行了几十年的这套书重新修订再版。与此同时，花城出版社出了一本“寒碜”到只薄薄两三百页的鲁迅著作选本。是否不合时宜？我觉得不仅合，简直要说是应运而生。

现代人能看到的书，不知比古人的多出多少倍，更可怕的是，这差额仍在以几何速度增长。眼下每年新出版图书高达几十万种，随便一家报刊都有个读书版，随便一家网站都设个读书频道，书多得用汗牛充栋来形容已嫌不足。可是知识并不等同于智慧，看再多书，物质生活再便利快捷，智慧不开，终究可怜可悲。书出得越多，“知识分子”和“知道分子”的差别就愈彰显。拿我们来比古人，智慧到底多了多少？

扪心自问，鲁迅时代知识分子还在关心邪恶与正义、是与非的标准，现在还有多少人关心？如果还关心，标准又是什么？黑社会成了帅、酷的替代词，无聊肉麻八卦成了日常生活不可或缺的情趣。一些至为朴素的思索，比如关于良心、关于善恶、关于真理，逐渐化为烟尘。

这个知识爆炸的年代，意见太多，思想太复杂。曾经有人把卡夫卡的小说拿给爱因斯坦读，爱因斯坦奉还时说："我读不下去，人脑没有那么复杂。"就是，人脑这么精贵的东西，是用来求智慧的，宁愿空着也别堆垃圾。"食之无味，弃之可惜"这个话其实不够智慧，无味就扔掉，没什么可惜。

弘一法师圆寂前一年，闭关福林寺，编了一本《晚晴集》，将平生所读经典里好的句子、对身心修养有用的经文摘录下来，总共一百零一条，每条不过几十字几百字，出处无不标注得明明白白。后人评价《晚晴集》说：这一本子会是全世界最好的书，没有一句是废话，对我们的修养、处世、待人、接物，句句都是金玉良言，字字都是精华。

说回鲁迅，其实对于绝大多数的中国人而言，鲁迅大可不必完全通读。那么，有一个精通鲁迅的专家，将鲁迅著作中的精华摘出，是件功德无量的好事。本书编者林贤治，致力鲁迅研究及图书编辑工作多年，堪当此重任。编这样一本小薄册子，看似简单，但是看看目录：论启蒙、论青年、书报审查制度……其中耗费的心血，智者自知。

城门几层开

有好几层的《城门开》。

它是本散文集，北岛一个阶段散文创作的结集。

也可以看做一部长篇散文。题词页写着“给田田和兜兜”，是献给孩子们，而全书结尾是“父亲”。“父亲”文首，北岛又引用了自己的诗句：“你召唤我成为儿子/我追随你成为父亲”。这是一个圆，父、子、孙三代的一个圆。显然是有设计，整体感。

还可以看做一首长诗。北岛是诗人，散文也会当诗一样写。北岛这代诗人特重视“意象”，《城门开》里不少意象的运用，都是诗化的。

比如不止一次写到了“天际线”。天际线本意是天地相交的那条轮廓线，在现代，多指城市的轮廓。号称“全球十大天际线”中，有上海、香港、纽约、东京……没有北京，因为北京——尤其北岛的北京，摩天大厦太少了，所以天际线没那么炫。

才只是开头的序，北岛就迫不及待地畅想，说他此番要用文字重建的北京，“被拆除的四合院、胡同和寺庙恢复原貌，瓦顶排浪般涌向低低的天际线……”

这一意象至少在第110页处再次出现，“闲得无聊，我向窗外张望，天际线被竹竿晾晒的花花绿绿的衣物遮挡”。而后，只隔了两页，北岛引用俄国诗人巴尔蒙特的诗句：“我来到这个世界，为了看看太阳和蓝色的地平线。”同一意象如此反复回旋，这是诗的写法。

《城门开》就是这样一本书，乍看一本极为普通的散文集，说客气点，低调、平稳，不徐不急地絮絮叨叨；性急的年轻人没工夫客气，会直接嫌它啰唆。

是有点啰唆，不过问题不在作者，是作为读者的你，心还散在五湖四海没收回来。那句老话怎么说来着？一分耕耘一分收获，你读书用多少心，书便回报你多少，里边好多层呢，要你去细体会。你要没兴趣，它也不待见你，各走各路再见。

再推进一层说话，读者的心散在五湖四海也怪不得读者。

那天晚上我要去看最时髦的电影，影院门口小马路堵得水泄不通，地下停车场一个空位没有。好不容易七点多冲进影院，只能买到两小时后的票。就这么红火，不买拉倒。还是买了，好在旁边有家图书大卖场，可供消遣等待时间。

上千平方米的大卖场，只几十个闲逛者，我在书架之间逡巡，金融、股票、法律、政治、英语、MBA、成功学……犄角旮旯处，终于看到文学，青春文学。想找《城门开》，没有。问服务生。他问作者何人，还不错，报上北岛大名，店员知道，“二楼。”二楼更是门可罗雀，又一番找，仍未找到。再问店员，店员把我带到了二楼的最犄角处。

电影开演了，惊觉左右前后全是面熟之人，原来之前书店闲逛的四五十人，都是等电影的。

就我们这样的读者，就这样一个阅读的社会大环境，有时想想，北岛费那么大劲，写那么多层，有没有必要？类似“‘大跃进’宣传画出现在毗邻的航空胡同砖墙上，那色调让夏天更热”这样好几层意思的句子，多少人会用心去体会？

那天看的电影，不出意料定是今年票房冠军。就在同一天，一位青春文学代表人物宣布，某项全国图书销售排行榜上，他一人独占了前七名。你看，这才是我们时代文艺的宠儿。

好在我猜北岛不在乎这些。城门开，赵振开，都有个“开”字，用文字给孩子们重建完北京，又用文字送别了父亲，赵振开一向因长期流浪而紧锁的眉头，会打开一些？这对他更重要。

你走神儿不如我走神儿

前两天，黄集伟、老六和我仨人在网上闲聊。老六请教黄老师，能不能彻底摒弃感叹号、引号、省略号这些闹心的标点，只靠逗号和句号完成一本书的写作。

这样细枝末节的问题，别人听了可能觉得特矫情，我们倒聊得热火朝天，各抒己见，因为仨人都是做编辑的同时写点东西，对文字有点把玩式溺爱。

更早前，在网上曾和另一个优秀编辑聊起写作，她提到巴别尔曾经评价纳博科夫，说纳仅仅是知道怎么写而已。意思是说，纳博科夫技巧、文字都挺好，只是写得太“小”了。

有了这两次聊天作底，我读黄集伟的新书《你走神儿不如我走神儿》，竟然也读出一个“小”字，却不仅仅是

“小”。

首先这本书里所有文字，都起源于一个狭小的空间：出租车的前座。黄家住城郊，每天上下班耗在车上的时间多，于是这个狭小的空间，成了他风雨无阻的阅览室。这很容易让人想起顾炎武写《日知录》的故事，骑着毛驴游走山水之间，驴背上念书，随时止步，在小纸片上写写画画。最终积少成多，蔚为大观。

黄也是从一个小空间，得出了厚厚一本书。这一由小及大的过程里头，有现代人至缺的独立思考，以及坚持和勤奋，因而值得敬佩。现世聪明人很多，种种思考也都丰富，但能做出黄集伟这样成绩的却少，只因无坚持，很多如水的时间被虚度了，很多广阔的空间被浪费了。

其次，黄读书，尽管得出结论有大有小，但其出发点都是小处，一段话，一句话，有时甚至只是一个词，他会由此铺陈开去，是典型的见微知著型。这一现象的背后，可琢磨的东西很多。新书太多，黄作为一个书评人的同时，还是一个出版人。做前者，他需要读得精；做后者，他需要一个大坐标的把握。换句话说，就算为稻粱谋，也必须当杂家，以吞咽法阅读，才可涉猎最广泛的范围。

如此，读书便很难每本善始善终，经常只能一目十行。总揽全局式的批评文章实在不好写，不如逮住些小问题，借他人杯中一滴小酒，浇自己胸中块垒。问题是现世太多新书，可真正值得精读的又有几本？所以依我看，这样读法已是只嫌多不嫌少。保持大脑中一定容积量的空白，远比摄取更多杂碎重要得多。

我这样说，当然并非打击那些慢读、细读之人。尽管千千万万烂书充斥坊间，但值得慢读、细读之书仍有一些。碰上这样的尤物，谁不想手不释卷啊。所以黄在评价陈徒手呕心沥血之著《人有病天知否》时会说："我越来越相信，慢已经成为速度年代品质保证的一个代称。"由此可见，黄的心中对现实与理想之间的关系始终保持清醒态度，对"慢"有向往。

回过头来评价巴别尔所说的"小"，我是觉得如此评判纳博科夫有失偏颇。所谓的"大"自然令人尊敬，但也看是什么样的大。题材之大、场面之大、故事之大都不要紧，要紧的是情怀之大。杯水风波，照样可见大情怀，这是很简单的道理。同理，黄集伟对词语、句子这样的小细节如此关注的背后，有着一种"唯有时间之经、心境之纬方可织出的时光流逝之喟"——这是他评陈丹青的话，用在他自己头上也合适。

连阔如的江湖

连阔如是评书艺术大家，曾有句话在评书爱好者中流传：千家万户听评书，净街净巷连阔如。

连阔如写过本书叫《江湖丛谈》，是本老书，1936年首次出版。1995年，当代中国出版社征得连先生的女儿连丽如同意再版。整整十年后又出了增订版，多了李滨声先生的近六十幅插图。转眼五六年又过去了，中华书局再出增订版，在2005年最后一版基础上，又增添了一些章节，还加了不少历史资料照片。

写作这种事，真是无心插柳柳成荫。好多专业作家的写作，那叫一个枯燥。好多不靠笔吃饭的，没上过几年学，却写得一手漂亮文章。比如梅兰芳的舞台自述、盖叫天的自传《粉墨春秋》，还有这本连阔如的《江湖丛谈》。再往近里说，还有人艺的老先生于是之的一些叙旧谈古。

《江湖丛谈》应该纳入纪实文学一类，里边的文章，都是连先生上世纪三十年代以“云游客”为笔名，在北平《时言报》发表的连载专栏，其叙述态度颇具即时“报告”性：“以我的江湖知识说呀，所知道的不过百分之一，不知道的还多着哪。等我慢慢地探讨，得一事，向阅者报告一事。”

很多人读此书，都赞作者文笔老到，韵味深藏。其实我看没那么老派，骨子里颇有一份血气方刚。身为江湖中人，叛逆江湖规矩，把全部“春点”悉数抖出，太前卫了。“春点”是混江湖的切口，所谓“不惜一锭金，舍不得一句春”，在老江湖规矩里，这些“春点”如果叫外人知道，会把买卖毁了。

作者对自己如此“大逆不道”作了解释：“总以爱护多数人，揭穿少数人的黑幕，为大众谋除害，以表示我忠于社会啊!”这样的前卫和叛逆也好理解，作者当时不过三十岁上下。

此书当今一再重版，有助于今人澄清“江湖”这一概念。当代人的眼里，所谓江湖，是从电影《少林寺》开始，成千上万武侠影视作品里的打打杀杀、华山论剑、称王称霸，再不济也得是抢占山头、压寨夫人……好像兵不血刃，就愧称江湖。什么算卦相面的、挑方卖药的、耍杂技变戏法的、保镖卖艺的、说评书的、说相声演口技的、唱大鼓打竹板的，简直也太鸡毛蒜皮、柴米油盐，上不了台面。殊不知，金皮彩挂，各有秘诀，归结到最后，是“人情”二字。社会里的事，最难学的便是世故人情。作家阿城曾经说：《红楼梦》里的王熙凤，人情练达，那才叫真江湖，以为打打杀杀就是江湖吗？那叫土匪。就是这个意思了。

世界大同趋势愈渐明显，文化人潜意识里有恐惧，希望找到自己文化中最独特的东西，好从大同中剥离。好比说，北京越来越像个国际化城市，外国友人越来越多，有朋自远方来，给人家看点什么听点什么呢？摇滚？电影？班门弄斧啊。那特色何在呢？很多人将眼光投向曾经辉煌过的民间文艺，戏曲、相声、民歌，等等。此书眼下受到许多敏感文化人的追捧，是否有这因素隐含其中？

这一两年，一些以不落俗套著称的文化人，呼朋唤友去听郭德刚相声，去看刘老根大舞台。大俗的相声、二人转，原是出租车司机们的至爱（早年我就见过一位出租司机，因为行进当中打电话约人听相声，被警察罚了二百，够十个人听场相声了。）现在成了文化人的新追求，好像暗中证明了《江湖丛谈》一再重版的另一个意义所在。

形无形，意无意

想找好书读，千万别报刊、网上寻信息，那些铺天盖地的小广告，绝大部分等同街头地面上粘的那些玩意儿，来路不正。真想得到好书信息，不妨注意口口相传。有心人会发现，总有个别好书，一段时间内，在周边志趣相投的朋友中悄然流传。这样的书，往往是值得信赖的。好比早两年的《书法有法》，好比眼下的《逝去的武林》。

《逝去的武林》是一本口述实录。述者李仲轩是个练形意拳的武者，上个世纪三十年代曾拜三位名师门下，得了形意一门的真传。之后退隐几十年，一个徒弟没收，退休前是一家电器行的看门老头儿。就这么个人，将近九十岁了，觉得武学不可失传，找到信赖的人，和盘托出一个真实的武林，以及一些玄机莫测的内家功夫要诀。

看似普通的这一述，其实在李老先生内心，一定经过极其复杂的得失权衡。最终倾囊而出，需要莫大的勇气。

形意一门，奉达摩为开山老祖，原来以为是暴发户修家谱，故弄玄虚、往自个儿脸上贴金；读完全部口述，才知此说不虚，是自己太过无知。

形意拳所以被叫做内家拳，是因为看似在练筋骨，实则是在修炼人心。按李先生的说法：所谓形与意，只能授者身教，学者意会。如果勉强以文字表述，形就是“无形”，意就是“无意”。这么直指心行训练法的话，李先生说：“这不是老和尚在打无聊的机锋，而是练武事实。”

禅宗公案里，类似这种形即无形、意即无意的话很多，肯定不是文字游戏，做到了自然明白，做不到，说什么也只能是错。

形意拳与禅宗在“只管去做、不可言说”这一点上，有惊人的一致，难怪要供禅宗的祖师爷。看李先生揭秘出来的很多练武诀窍，极似禅宗公案中雪泥鸿爪透露出来的修禅引导语，“练拳要学瞎子走路，身子前后都提着小心，从头到脚都有反应”；“意不是想出来的东西，而是得来的东西，一刻意就没了，不知道怎么回事就得了”；“意是先于形象，先于想象的，如下雨前，迎风而来的一点潮气，似有非有”。

李先生口述中也经常联系到禅讲话。比如他说：形意是用身体“想”，开悟不是脑子明白，而是身体明白，与禅的“言下顿悟”相似。还说：禅宗有“话头”，就是突然一句话把人整个思维都打乱，就开悟了，形意也有这种“给句话”，这句话本身可能有意义，也可能没意义，就是为了刺激。

禅宗不立文字，结果时至今日，真正悟禅者越来越少。形意只讲意会，结果传到今天也几近失传。这种时刻，是继续遵照祖训不立文字，还是有选择地做一些“揭盖”的努力？孰利孰弊？利大于弊还是弊大于利？我们外人自然无大所谓，身为当事者的李先生，想必内心是起过巨大波澜的。所以他在口述当中讲到拳风时，会无奈地借题发挥道：“拳不能以风格来评说，因为武术不是表演，说其刚猛或含蓄，都离题太远。要从心法说，才能区别出究竟，可惜心法又是不外传的。”

不外传是因为不好传，形无形，意无意，自己学会已经超难，再想教人，难上加难。所以这样玄妙的事情，我这里多说也是无益。更何况，这一写这一刊出，这篇文字也就落入前边批判的小广告之列，难逃可悲下场。不如您自己去读读这本书，说不准就能读到某个“给句话”，能对治您那颗杂乱纷扰的心。

多半句

张爱玲未刊稿不断被搜集整理出版，这要多亏张爱玲遗物保存者，以及几位资深张爱玲研究者，他们付出很多心血，让读者看到一个更全面、更丰富的张爱玲。

《异乡记》是最新整理出版的张爱玲手稿，只三万多字，写在一个笔记本上。不全，后文显然遗失，是份残稿。

1946年，张爱玲二十六岁。年初，天地严寒，她从上海出发，去温州找胡兰成。路途艰辛，走走停停，居然走了几个月。路经大多是农村，一个从未到过农村的城市女青年，竟然不时需要在农村住宿，甚至有时在同一个地方一住一个月，感触之多可想而知。《异乡记》是这一路的如实记录。

《异乡记》是当日记写的，所以会如实记录。记录场景，记录经历，记录所思所想。书中有多处传神细节可以佐证这一推断。她描述某农家生活场景时说，“那情形使人想起丁玲描写的她自己的童年”。张爱玲如此写到丁玲，对现代文学史稍有了解的人会明白，显然是当日记在写。

不过一个年轻作家，尤其是一个已成名的作家，就算当日记写，也不会百分百如实。如果有读者把书中所写完全当做事实，那也太幼稚。以作家的禀性，即使是写日记，也会不由自主地按文学作品来要求自己，讲究遣词造句，注重起承转合，安排详略得当；甚至，会不自觉地掺入虚构成分。关于此，书中也有处细节有所表露——张爱玲通过人物对话，把自己写成了“沈太太”。

更何况，作家还不只是不自觉地高标准严要求，反而是自觉地用日记方式，积累创作素材。事实上，《异乡记》里一些段落、一些人物，后来确实用在了《小团圆》、《秧歌》等长篇作品中。

我因从事编辑工作，读过大量当代年轻作家手稿。读《异乡记》时有个强烈私人感受：和我读的好多手稿好像啊。这一方面说明，九十年代开始的“张爱玲热”影响了多少青年人的文风；另一方面我也想说，别的作品且不论，单说《异乡记》，写得确实很优秀，但也只是一个比较优秀的二十六岁女青年的一部文学作品，太多的过誉之辞似可不必，实在不该那么神话。

比如因为当年柯灵批评张爱玲写《秧歌》，说她“平生足迹未履农村”，没有农村经验。有评论家此番就认为，从《异乡记》可发现，“她有丰富的农村生活经验”。这显然从一个极端跳到了另一个极端。通读全书不难看出，作者对这趟旅程是种隔阂姿态。再说只有几个月，还是旅行，“丰富”实在谈不上吧。还有评论家认为，《异乡记》显示出作者“对底层生活很有了解”，并且能看出“对底层普通人的同情”。这也有点过度解读。《异乡记》里多次出现个词“湿腻”，全篇也充斥湿腻的气氛，“湿腻”和“同情”，二者的用心状态还是距离不小吧。

话说回来，其优秀也是不争的事实。举个小例子：对大部分青年作家而言，写出“几只鸡，先是咯咯叫着跑开了，后来又回来了，脖子一探一探的，提心吊胆四处巡逻”这样的句子，已经很准确很有文采了；但是张爱玲继续写道：“但是鸡这样东西，本来就活得提心吊胆的。”我管这种笔法叫“多半句”手法，一下子就把文意荡到更为广阔的境地。“多半句”笔法在《异乡记》中常有显露，学习张爱玲文风的读者不妨细心体会。

《异乡记》最初叫《异乡如梦》，对张爱玲来说，这是一场又冷又湿又腻的梦，也许后边有个好结局，可惜我们看不到。

极简要够沉

邹静之的《九栋》收录四十多篇小文章，主要内容分两部分，“九栋”和“风中沙粒”。前者写他少年时住过的一幢老楼的人和事，后者写他去北大荒插队经历的一些人和事。都是真人真事，也不排除细节的想象。笔调虽然空灵峻峭，情感却很饱满，各种感性细节，沉甸甸的。

这种写法不太讨当下的好。当下时髦白描型口述历史，提倡不掺入太多个人情感。邹静之不管这套，按自己路子写。也白描，但更多想象、抒情，很多段落非常文艺。邹静之是个诗人，尽管在诗人当中，他算含蓄一派，可这份含蓄，也是眼泪憋在眼眶里含着那种，沉甸甸的。

很欣赏这份忽视潮流的自信。看到有邹静之的同龄人批评他写得文艺、不够极简。这逻辑很奇怪，问题不在文艺还是极简，而是在于要写得好。文艺得做作固然招人嫌，极简得乏味也一样是垃圾。更可怕的是，骨子里文艺，可又文艺得不好，只好自欺欺人地高举极简大旗，这是极不自信的扭曲。

极简主义的白描往往貌似有深度又有重量，这且不论，单说邹静之的文艺照样让我读得沉甸甸。这份沉甸甸不奇怪，他是要拿这些旧人旧事“寻己”。本书自序的题目叫“寻己录”，他说老觉得现在的自己，“被什么人给换了”，他要从头寻起，当然沉。

顺便说个有趣的比较。这篇自序很像杨绛《走在人生边上》的自序，那书也是九十多岁的杨绛要“寻己”。《走在人生边上》书有个副标题：“自问自答”。邹静之写这些，也是自问自答的“寻己”。自问自答意味着向内寻找，而非外求。杨绛选择的是思辨方式，写成思想录体；邹静之选择了以人物、情节为主的文艺体。

既写旧人旧事，还是少年时代，又文艺，很容易让人联想到网上俯拾皆是的怀旧文章，它们一概黏黏的、暖暖的、粉粉的，过去的一切苦难，都被记忆筛掉，只剩一个虚幻的温室，里边各种花朵娇艳欲滴。《九栋》不是这调调，它很冷。

《九栋》里不经意间写到很多小动物，邹静之写到它们，笔下很怪很冷，甚至是血腥的。蟑螂的标本、夭折的小母鸡的鸡爪、吃活苍蝇的四脚蛇、弯着脖子叫声扎破早晨的小公鸡和一只鸡被解剖，鸡心托在掌上，肺只是一摊血的气泡……少年和小动物之间天然有份亲密，这份冷、怪，甚至血腥，是邹静之怀旧整体的一个缩影。我说了，它不是粉色的。

热空气上升，冷空气下沉。怀旧如此冰冷，是我看得沉甸甸的主要原因。

兰台万卷

以我个人阅读趣味，眼下的学术书（我也称之为“教授书”，学富五车的教授学者的学问书），讲现代的，最爱读谢泳；讲古代的，最爱读李零。

两人的共同特点是，依据的材料够全，理解得够透，把诸多深奥的学术问题彻底消化之后，化为自己的大白话说给别人听；与此同时，对课题又有新发现，有独立新观点。简单说，就是一透二新。读这样的书，不仅增长知识，还最易引发思考。信息时代，好像什么都现成，只管百度谷歌即可，大脑越来越僵；读到引发思考的书，有“活血化淤”之功效。

与我同好者不少，所以李零近年新著迭出，讲孔子，讲老子，讲孙子……本本销量不俗，频频被读者公投为年度最佳书籍，可见他把学问做到多么平易近人。最新这本《兰台万卷》，单就阅读而言，比之前种种著作稍难些，原因不在作者身上——他仍然明白晓畅，问题出在，这回讲的不是《论语》、《老子》这些人人都能背诵几句的大俗书，而是班固的《汉书·艺文志》。本来读过的人就不多，再加上，这书其实只是一个图书目录，枯燥吧？

国学的传统，目录学是一切学问的根基。想做学问么？先读目录。我读大学时，全班文艺男女都在如饥似渴读现代派、后现代派，有个异类分子因为家教严，谨遵父命天天捧着《四库全书总目提要》啃，现在，所有同学中就数这位最有学问。

《四库全书总目提要》是晚辈，目录学最经典的著作还是《汉书·艺文志》。近年来先秦诸子百家成了热点，很多人奉之为中国历史上的黄金时代，要追这个古，就要开先秦古书这扇大门，《汉书·艺文志》便是钥匙。而今人要想开启《汉书·艺文志》这扇门，《兰台万卷》又是一把最合手的钥匙。

李零说：这个目录，著录古书约600部，13000卷。古人云“读万卷书，行万里路”，“读万卷书”什么概念？那就等于说，你把西汉皇家图书馆的书看了一遍。班固校书兰台，官兰台令史，我把这本书题为“兰台万卷”，就是指这套西汉皇家图书馆的藏书。我想带你参观一下这座图书馆，看看当时的《四库全书》是什么样。

目录无疑是枯燥的，再说大多数人读书，并非要做学问。如果读书只图好看热闹，赶紧把这书扔一边儿。你若想认真读本书，增长中国传统文化知识，最好与此同时还能促进思考，《兰台万卷》是个好选择。不一定全看懂，求个“没吃过猪肉，只见过猪跑”也不赖，再和人聊起百家争鸣、传统文化，不至于再说出过分无知的话。

更何况，前文说过，李零的长项在于自己先透彻，再用大白话讲出来，如此一来，很多你小时候学过的东西，之前若隐若现、糊里糊涂的知识，可以通过阅读此书得以厘清。拿我自己举例，老早就知道所谓“经学”一道向来有今古之争，从汉代一直绵延至清末民初，贯穿整个中国学术史；但一今一古具体争个什么？怎么争法？为什么争？也看过些书，始终一头雾水。通过《兰台万卷》（带着读读《汉书·艺文志》），看它如何排定书目顺序、如何侧重、如何贬抑，加之李零的大白话把前因后果一解释，全明白了。

至于促进思考，书中有段话震撼了我，不妨说来共享。作者说到《汉书·艺文志》所收书目，其实大多亡佚，然后他接着说：“研究古书，要虚实结合，有大局观，不能光看古人留下了什么，也要看看他们淘汰了什么，丢掉了什么。”不知您读了啥感觉，我是余音绕梁，至今不绝。

名 物

喜欢小开本的书。精到有趣的内容，不要太厚，随时随地拿着舒心，看着愉悦。是性格使然，喜欢小、精、尖，对高屋建瓴的宏篇大论有抵触。自省一下，也是喜欢小情小调，不求甚解的弱点证明。这类书，早年有孙犁先生的诸种文集，近年有上海书店的“海上文库”。

喜欢扬之水的书，从《诗经名物新证》、《古诗文名物新证》，到《终朝采蓝》，直至最新的豪华版《奢华之色——宋元明金银器研究》，本本研读，无不读到身心透亮，搁卷恍然。《明式家具之前》即是扬之水对“海上文库”的最新贡献。此前这文库还出过一本她与该文库主编陆灏合著的《梵澄先生》，也被我列入近年读过的十大好书。

明式家具在当今，因为文物市场的买卖兴隆、跟风追涨者的趋之若鹜，渐渐成了热门话题。身边就有不少款哥款姐，撂下手头生意不管，突然消失月余时间，跑北大、清华报读文物鉴定速成班，再露面儿，俨然一副鉴定专家的嘴脸，口若悬河地指点青花瓷器、明式家具。书肆中东摘西抄拼凑而成的文物类图书，一时大有爆棚之势。

时尚统领，社会潮流，时尚人物就是这样在风口浪尖上过着弄潮儿的生活，他们可能天天读书，但按中国传统价值观衡量，他们不是读书人。扬之水这样的人，是海底的水，任你浪头千变万化，我自寂静深流。明式家具热门成这样，她偏要研究“明式家具之前”，这本身就是个态度的证明。所以她会在本书的跋里说，本书中几篇文章“或言家具或所言与家具有关，却又均不涉及近年作为热点之一的明式家具，而取了一个老老实实的名称，叫‘明式家具之前’。”老实之中，自有别样寓意。

为什么说读扬之水的书，往往有身心透亮之感，搁卷恍然呢？从外在形式上说，文字平实精要，文风温柔敦厚，这当然是不可匮缺的必要条件，更关键在内容。

扬之水一直特别在意于一事一物的起源、发展与演变，所以这些年她始终在拿“名物”做文章。

名物之学，是中国传统学问之一，主要研究事物名称的起源及演变。中国历史悠久，语文演变历程深奥复杂，今人去读《春秋》、《诗》这类古籍，光是名物指代这一项，就已足够让人挠头，更别说借之探微历史，了解古人的生活了。读古籍，如果不满足于囫囵吞枣看个大概，自然会碰到名物问题。

举例来说，李白名诗："床前明月光，疑是地上霜。举头望明月，低头思故乡。"大意不难理解，但是稍加深究，躺在床上，如何忽举头忽低头？难以想象。前两年，收藏家马未都从文物研究的角度发表看法，认为诗中之"床"，应指"胡床"，有点像当今的马扎。

《明式家具之前》恰巧也专门写到"唐宋时代的床和桌"——"席坐时代家具的完备与成熟在魏晋南北朝时被打破，唐代作为转型期，家具名称、功能之间的区别变得模糊"，唐代"床的概念变得格外宽泛：凡上有面板、下有足支撑者，不论置物、坐人，或用来睡卧，似乎都可以名之曰床"。因此唐时还有禅床、食床等称谓。中华书局版的《太平广记》里载录的一则故事讲到吃饭，依明钞本应为"正得一床"，校点者因为对"床"字的不理解，想当然地改为"止得一味"。

《明式家具之前》探究了俎、梡、案、行障、挂轴、屏风、床、桌子等名物，读来时有豁然开朗之感。固然它是扬之水的一家之言，但因为立论谨慎、考据翔实，这些探究工作于读书，于历史，句句都似有正本清源的奇效，因此会有身心透亮之感。

掩卷又想到，依佛教核心理论之一的“十二缘起”之说，无明缘行，行缘识，识缘名色……名物正是“名色”的一种表现，人从无明开始，行至名色，在轮回之道愈陷愈深……不禁恍然。

约定俗成的历史露了马脚

民国时有个蔡东藩，将二十五史外加民国史敷演为一套“通俗演义”，是写给老百姓看的历史书。那时人心尚古，所谓演义，绝不似今日之“戏说”那般浪荡妖冶，它与正史的关系，相当于罗贯中《三国演义》之于陈寿《三国志》，将本来标准套路的史书生动化、趣味化、平民化。

张鸣近年著作，从早时的《历史的坏脾气》，到最近的《北洋裂变：军阀与五四》和《辛亥：摇晃的中国》，和蔡东藩有点像，也是将憋在书斋里快要闷死了的历史生动化、趣味化、平民化。几本书的畅销，证明他在这点上的成功。关于此，还有个信息：《北洋裂变》“被列入中国国家图书馆给高级干部的重点推荐书目”。可见，真趣味化了。

张鸣与蔡东藩也有不同。蔡氏只是把历史讲得通俗易懂，普及民众，同时满足个人的历史爱好；张鸣虽然也说自己做学术“就是为了好玩，只要不好玩，我肯定不干”，但他毕竟是个专业历史学家，他还是在做学问。只是他这学问做得开放、性情，而非传统的严谨考据、炼字锻句风格。两种治史法并无高下之分，只是当下世风，正是只求开放、性情，视严谨考据、炼字锻句为鬼魅，因此，张鸣的历史书写正合这时代的口味，他是这时代的适宜生存者。情况类似的，还有史景迁。

民清交接那段历史，像团乱麻。十几场大仗同时开打，短短十几年，元首就换了六个，当过总理的几十人。因此这段历史的书写，且不说正史，单看蔡东藩那套演义，其他朝代分卷都差不多同一厚度，唯独到了民国史，要分上下卷装订，可见其纷繁杂乱。选择这段历史研究，有点费力不讨好。不过反过来说，正因杂乱，更需要明眼人帮助厘清这团乱麻。

这一厘清，如果按照传统学术化套路，钩沉考据，订正讹误，无一字无出处，无一句无来历，这团乱麻会不会彻底纠缠成死疙瘩不知道，可以肯定的是，更拒人以千里之外。写半天没人看，厘清的意义便大打折扣，更别提什么以史鉴今了。而辛亥这段历史，因为大量涉及民主、自由、政治体制等内容，本该引发更多现实意义的。

张鸣选择的厘清办法，是死死摁住一个非常具体的点，即1911年10月10日那一天，从这一点开始，时间上分别向前（起义前的数次失败）、向后（起义后的种种反应）探究；地点上分别向内（武昌城的细节）、向外（全国各地情势）探究；眼界上分别向内（历史人物的性格形成背景）、向外（错综复杂的人事关系）探究。

中国传统史书的写法，是只重帝王将相、政权交叠；西化现代史书的写法，是并重社会民生。张鸣中西古今并重，既写走马灯似的穿梭上台表演的军阀政客，也不忘在“革命经济学”、“笔杆子和枪杆子”（这部分非常精彩，可以当成中国近代新闻史来读）等方面浓墨重彩。

这一探究不要紧，许多早已在人们心目中约定俗成的“历史”露了马脚。比如汪精卫暗杀摄政王功亏一篑，只因一个北京鸦儿胡同的居民拉了一泡屎；比如所谓孙中山亲临镇南关之役，亲自向清兵发炮，其实全属子虚乌有……

问题是，这些一讹再讹的事，通过怎样的变幻轨迹，就在我们脑海中刻出了一段“历史”？更进一步说，读者读了《辛亥》一书对讹传的种种订正，也别轻易就将这些订正当做牢不可破、颠扑不破的“信史”，我想这也绝非作者的本意。

那么，历史到底是个什么东西？

纸年轮

《纽约时报》书评版编了一百年后，出了一本回忆百年阅读历程的巨著，精选了1897年至1997年间刊登过的两百多篇书评。此书2001年出了中文版，名叫《20世纪的书》，八百多页，近八十万字。

中国有个读书人张冠生，可能受此启发，启动了一项个人读写计划，选择1910年到2010年这百年为时间限制，从每年出版的浩瀚书海中择出一种，读，并且记录读后感，结果就有了这本《纸年轮》。其中的2001年，张冠生选择的书即是《20世纪的书》。

看作者介绍，张冠生给费孝通先生做了若干年助手，应该是受费老严谨治学风范熏陶日久，书目选择上颇见功夫。仔细琢磨这些书目会发现，隐含着横、纵两条坐标。

横坐标，视野开阔，文、史、哲、社会学、心理学、经济学、环境学、政治学各种门类兼顾；当年感动一时之书与日后价值重现之书并包。感动一时的比如1965年的《王杰日记》、1955年的《胡适思想批判》；日后价值重现的比如1976年的《只有一个地球》、1994年的《顾准文集》。

纵坐标，百年之初的《少年》杂志、《中华初等尺牍》、《作文法》等，如同少年儿童蹒跚学步；继之而来的《历史哲学纲要》、《人类在自然界的位置》等，如同青年人努力学习，初步建立世界观人生观；百年中段的《胡适思想批判》、《毛主席语录》等，又如同青壮年间的种种猛浪扭曲；直至百年之末，《中和位育》、《我们濒临的价值观：美国道德危机》、《治理中国：从革命到改革》，又很像人过中年，痛定思痛，世界观人生观日趋成熟。

作者选择书目还有个小细节，就是必须找到当年的版本，才读才写。近几十年的书还好说，百年之初的那些老版本，真要花点工夫。为此，作者成了多家旧书店及一些旧书网站的常客。这一细节让我敬佩，从中可见作者的严谨作风。

这是一本个人化非常强烈的著作，可以叫“阅读史”，但要补充说明的是：它不仅是回顾国人阅读的历史，更是阅读历史本身。前者为表，后者为里。

乍看作者写得轻松自在，随意拈来，很多逸事掌故，饶有趣味，这只是本书的浅表一层。背地里，作者通过书目的精挑细选，述而不作地向读者呈现了他对历史本身的书写。读到这一层，才算读到《纸年轮》的“年轮”，沉重、厚实、别具深意，是这本书的灵魂所在。

我读《纸年轮》，有个趣味阅读法，不妨与各位分享。我会挑些于我而言特殊的年份，琢磨作者为什么要挑那本书，继而看他如何评议。

比如我出生的1968年，挑的是《鲁迅诗注》，南京大学中文系编印的，当年印量不小，名声极大，如今似乎寂寞得很。再比如1979年，我从苏北一个小县城北行至京，从此在京城定居。这一年，作者挑的是《西行漫记》。作者说，这一年，“中国正在巨大曲折之后开笔新的一页。三联书店重印该书，实有深意”。联想到自己的人生也算从这年起翻开新篇章，不禁有贯通书内外的戏想。

1989年，我离开校园走向社会，本年作者挑的是《球籍：一个世纪性的选择》。“球籍”一词来自毛泽东，他在1956年时曾说：“你有那么多人，那么大一块地方，资源那么丰富，又听说搞了社会主义，据说是有优越性，结果你搞了五六十年还不能超过美国，你像个什么样子呢？那就要从地球上开除你的球籍！”如今毛已作古，离他说这番话的1956年，真的五六十年过去了。

老上海是什么

年初的北京图书订货会上，邂逅上海一位出版人。寒暄过后她问：有时间读小说么？我明白她有新书要送，客套地回答：有时间。不料她神色一凛，严肃地追问：真的有么？没有就直说。我听了也一凛，打起十二分精神过了下脑子，然后不客气地说：得是好小说。

就这样我得到一本《租界》试读本。试读本，是英美一些国家的做法，出版人看好的书，不急于大批量印刷发行，先轻型印刷十几二十本，交给相关人士试读，听取意见，再作修改，直至一致好评后才正式上市。这是一种沉着冷静的出版形态，把书还当书的出版形态，出版人有足够的耐心，把精力真正投注在要出一本没遗憾的好书上头。这种事，与国人轻浮躁动的普遍心态显然不在一个频道，所以当代中国极少这种做法。那么，《租界》，一本小说，值得这么做么？

逐字逐句读完小说，我要说这是一本好小说，不枉出版人一片良苦用心，它当得起这种特殊出版形态的对待。

《租界》更像一本英美小说，但确实是一个当代中国年轻人写的，写旧上海，1931年的上海，更准确地说是1931年的上海租界，主题词有革命、反革命、谍战、阴谋、仇恨、谎言、枪、钱……听上去很时髦，让人联想到近年众多热播的影视剧。那些剧本，都从小说改编而来，有大把导演至今还在书报刊海洋里搜寻这类作品。但是《租界》好像成心要避开这些搜寻的目光，故事成心写得散漫，或者说，它的用力点根本不在故事上，它在氛围上用力，在细节上用力，在趣味上用力。

出版人在试读本封底有句评语："以考古学家的周详以及诗人的偏僻趣味构建的知识分子小说。"初看没注意，读完全书回头再看这话，概括得精准。我说的趣味上用力，正是所谓"诗人的偏僻趣味"，细节上用力，正是"考古学家的周详"；二者合并，便有了"知识分子小说"的氛围——读前看那些主题词，联想到的是热播影视剧；读完联想到的，是昂伯托·艾柯的《傅科摆》、戴维·洛奇的《小世界》、纳博科夫的《微暗的火》。

细节，细节，还是细节。1931年上海的租界，通过不厌其详的细节，在我眼底一寸一寸地展开——只是一寸寸地展开，不屑于写全景。探长办公桌上的各种物件、建筑里的雕花黄铜扶手、楼梯台阶上拼成玫瑰图案的绛红色瓷砖……当我迷失的时候，还有附在文中的地图作指引。不过地图也是局部，哪个门脸和哪间仓库的位置关系图，或者索性单是一幢建筑的结构图。没有大而无当的全景式整体描述，这和故事的写法保持一致，忽略起承转合，忽略故事完整性，只有一些保持内在逻辑的片段和细节。

细节让人赞叹，但细节不容复述，只能自己去读，去细节里徜徉，大快朵颐，我无法作更多介绍。不过倒有另一层意思想说——

是在一天深夜开始读《租界》。就在当天晚上，和位老先生共进晚餐，席间他说到，作为纯正上海人，他觉得，现在文艺作品里的老上海，一应名家全算上，张爱玲什么的，和他整个青少年时代沉浸其中的那个上海，简直风马牛不相及。什么大世界，什么梧桐树，什么老克腊，什么弄堂女人的小心思……浮皮潦草，粉艳轻浮。老上海是什么？老上海是只老虎，随时要吃人的。

以他八十多岁的年纪，以他大户人家的背景，以他丰厚的学养，以他从小至今对上海的爱到骨髓，我信他。不过我信的是，那是他心里的老上海，至于“真实”的老上海，都“老”了，追不着。没错，有史料，有档案，甚至你曾亲身经历过，但那都是你“此刻”心里的“老”上海。《租界》写的也是小白心目中的老上海，这个上海，倒真有点老虎吃人的味道。从这意义上说，《租界》也许写出了众多地道老上海人心目中的那个老上海。

布衣孙犁

我读孙犁快三十年了，至今不时翻出《芸斋小说》、《书衣文录》等书重读，越读越觉入心入肺，赞叹不已。作家贾平凹曾经预言，将来要写这时代的文学史，别的作家可能只配得上“×××和他的《×××》”这样的标题，而写到孙犁，一定是“孙犁和他的艺术”，因为他已自成体系。我对此说深以为然。

有意思的是，孙犁作品似乎从未“红”过。几十本著作以及种种选本，多是几千册销量。去豆瓣这类文艺人士钟爱的网站搜搜，“读过”、“想读”者寥寥。可是，与此同时，众多文坛大家，比如莫言、铁凝等，提起孙犁毕恭毕敬，尊为导师；孙犁的著作每隔几年也总会更换出版社、改头换面推出新版。

要说这情形，倒恰好对应了老人一贯处世为人的风格：与世无争，默默隐居闹市，独自过着琐碎、简朴，而又无比精心的日子，借文字遣怀。但是无论为人作文，都透出深入骨髓的扎实深厚，坚如磐石地矗立于世，想绕也绕不开。

三联书店最近出版孙犁女儿孙晓玲的《布衣：我的父亲孙犁》，是她十年来写的一些与父亲有关文字的结集。里边不仅记述了女儿眼中的父亲生活中一些细节，也转述了不少他人与孙犁的交往。对喜欢孙犁的读者而言，这是本珍贵的史料，让我们换个角度来读孙犁这部厚重的“大书”。

作家铁凝说她和孙犁总共见过四次，每次去，老人不是在捡黄豆，就是在糊窗缝，总戴着袖套，舍不得用好的纸张。如今对照老人女儿的记述，这样的孙犁，就是最日常、最真实的孙犁。他独居陋室，能一连七八年不出院门，从不参加各种活动或宴会，长年只吃小米或二米粥，多年睡着一张砖砌的床，床板还是开裂的，家中用度全凭子女安排，从不上街与商贩打交道。从书中的一些照片看，老人永远穿着朴素到简陋的衣服，不苟言笑……看着像个孤独症老人。

他是孤独的，但这份孤独是他主动选择的。他对老伴和孩子说：“搞写作这行，生活太好了不行，文章憎命达。”他在家里贴了字条，拒绝采访，拒绝摄影摄像，拒绝谈小说改编。他甚至给一些报社、杂志社分别写信，恳请别再赠送书报，“以免浪费”。难怪不少人说孙犁孤傲，这些行为确实貌似傲气，但是看看女儿眼中的他吧，你会明白，他只是实在而已，只是怕浪费时间、浪费人力物力。

所以说，他只是孤独。如果说傲，他绝无傲气，倒是有傲骨，几千年来文化人内心里灯灯相传的傲骨。他与人相识相交最喜欢送书，送儿孙，送亲戚，送朋友，无不对症下药，可见是精心思索过的。世人尊他为“荷花淀派”开山者，他坚辞不受。有成名作家甘居他门下，也一概不认，只说人家本来写得就好。说到自己，他始终说写作是雕虫小技，养家糊口而已……这一切，正如他四十九岁时写的那首《自嘲》诗里所言：“小技雕虫似笛鸣，惭愧大锣大鼓声。影响沉没噪音里，滴澈人生缝罅中。”

事到如今，当年多少“大锣大鼓声”早已灰飞烟灭，而孙犁这些“雕虫小技”却为越来越多的人赞叹。

孙犁曾给一个年轻作家写过一幅字，抄录了司空图《诗品》里的四句话：“素处以默，妙机其微，饮之太和，独鹤与飞。”大意是说冲淡之人常常默默无言，独自静处，但其心灵机敏，感受微妙，像独鹤一样，吮吸着阴阳中和之气，遨游于云天之外的仙境。在女儿的眼里，父亲就是这样一只独鹤。

我觉得也是。

讨论喜欢

蔡康永以主持出名，但他最近在上海书展接受采访时表示，虽然主持的节目火暴，但早已萌生退意。这么红还要退，一是有底气，不在乎一城的得失；二是确实好多事等着他——写书写到不光粉丝追捧，文化人也纷纷叫好；做时尚设计，创立了“CAI”品牌，主做高跟鞋和服装；忙收藏，还拍微电影……所有这些事，既高调又不招人烦；既时尚又特别实在，让人感慨这个人绝顶聪明。

乍看到他的新作《艺术里的金钱游戏》，署名蔡康永、陈冠宇合著，副标题又是“蔡康永建议你艺术投资之道”。讲不通啊，明明是两人合著，又只说一个人建议投资之道……不禁有点失望，以为再聪明的人也会一时糊涂，机灵如蔡康永，居然出了本访谈录，心里有股隐隐的失望。

话说多少好书，就因为我们自以为是的一些武断猜测，与我们失之交臂。某日大解，手边只有这一本读物，只好忍着失望拿起来翻阅。不料一读即放不下，太好看了——有趣，不时读得会心而笑；有料，真从里边学到好多知识；有品，文字毫无做作，轻松质朴而又入心入肺，如同与密友在初秋的露天咖啡馆聊天，微风徐来，美不胜收。

也根本不是一本访谈录，蔡康永写的一则一则小故事，一律关乎艺术品收藏，大多是亲自经历，也有听来的。这部分是记叙语气。每则故事后，则有陈冠宇的一篇极短文，改用议论语气，从专业角度总结故事中值得注意的收藏经验。我对收藏虽然爱好已久，但纯属看热闹级别，所以对专业议论部分不感兴趣。即便如此，偶尔看了两篇，也觉得有了这一搭配，非但没减损蔡康永的精彩，反而像是弹琴时的和弦音，比单音丰富多变许多，让蔡康永故事的意味更加绵长。不知二人如何想起这搭配，俏皮，奇巧，又没有一点虚头八脑。

读过不少讲收藏的书，里头的案例抄来抄去，同样的故事，本是民国年间的事儿，人物换个行头，背板重刷个颜色，又在当下出现了，让人哭笑不得。蔡康永的故事个个高保真，还都新鲜粉嫩，像锅刚出屉的肉包子。看看他讲的人，是蔡国强、奈良美智，甚至是80后那一拨儿艺术家；再看看他讲的艺术品，油画不必说了，现代装置、甚至光电，都一一被他请上台面大谈特谈……说这是最时尚、最现代的一本讲收藏的书，大概没人反对。从这意义上说，这本书还是一本最新商战实用手册——艺术品的买卖在这几年，已经快和房地产一样，成为国民经济支柱型产业了。

很多人反感把艺术与金钱混为一谈，蔡康永多聪明的人，不愿陷入无谓的纷争，事先赶紧亮明身份：如果你羞于谈钱，“那这本书就和你无关了，请不用浪费你的时间往下看。尤其是觉得艺术神圣，不可以扯到钱的人，更请你尽速丢下此书，转选其他适合你的读物”。有意思的是，陈冠宇在其后一段议论中又说：“如果你只是单纯要投资赚钱，相信我，艺术品不是必要的投资标的。你可以选择股票、债券、房地产……投资艺术太麻烦了。”俩人说的看似矛盾，其实读完全书就会发现，这俩说的是同一件事。这件事可以浓缩为两个字，那就是：喜欢。

其实这是一本讨论“喜欢”的书，所以我会如此喜欢。有什么比喜欢更重要么？

用老课本补课

《读库》一向给大家的印象，是用笨功夫，做踏实事。看似不谙世事，斤斤计较，不合更高、更快、更强的时代大潮。可时日一久，高快强们纷纷土崩瓦解遭人厌，踏实人的一桩桩踏实事，却越来越让人尊敬。

最新的踏实事是两函十一册《共和国教科书》出版。第一函初小部分，含新国文四册、新修身两册。第二函高小部分，含新国文三册、新修身两册。《读库》同仁不拼新不拼奇，只拼时间和细心、耐心，把百年前（1912年）的《共和国教科书》逐页逐字修补，影印再版。内中花费的心力与甘苦，我这个做过出版，又钻研过古籍修补细节的人，想想都要啧啧。

印制的精美不用说了，身边不少对书籍品相挑剔到变态程度的人，初见这书即摩娑不已两眼放光，可为佐证。我花两整天时间，把这套本该在十三岁前读到烂熟的小学课本逐字通读，回头再想印制的问题，觉得就这套书而言，再怎么精美的装帧都当得起，因为太有价值了，尤其是在今天。

《读库》主编张立宪说，对这套课本，人们津津乐道的往往是图文并茂，朗朗上口，让人赏心悦目。事实上只有初小的前几册较为浅显，而全套书配合的是较为系统而完备的七年学制，愈来愈难，并非一蹴而就的快餐读物。所以，这套书不应该是让小朋友短时间内一口气看个过瘾，而是需要几年时间的浸润，使阅读伴随成长。

要我说，也许百年前这套书是给小朋友们准备的没错，但搁今天就不这么简单了，绝大多数成年人也不妨借此课本补补课，让自己不那么浅薄、缺乏教养，还时时振振有词。比如我这代人，以及我前后的几代人，简而言之从“万岁”开始小学第一课的，都该来补补课。

补什么呢？一补教养。教养绝非知识可以替代，它就像母亲手中的针线活儿细细密密全是情意一样，渗透在日常生活的每一个细节里。初小修身课，“爱亲”：“父往他乡，女随母，送于门外，请父早归。”这是一个女儿该有的修养。“镇定”：“王戎七岁，与众同观虎，虎忽大吼，观者皆惧，戎独不动。”这是个男儿该有的修养。“去争”：“与人共饭，不可争食，与人同行，不可争先。”这是每个人都该有的修养……这些本该是十岁前受到的教育，今天多少人做不到？

二补德行。德行的培养就像栽树苗，起头儿不正，将来再粗再壮也是歪材。即便树苗栽正了，还要勤浇水勤培护，才能免遭邪风恶雨的歪曲。就拿“诚实”这条举例，光是初小课本里，七八次反复夯实：“梁儿喜诳语。偶持钓竿，独游池畔。失足堕水，大呼求救。人皆以为诳，不应”；幼年华盛顿砍了父亲最心爱的樱桃树，在父亲的暴怒下坦然承认是己所为；司马光幼时剥不开胡桃壳，婢女代剥，司马光将功劳揽在自己身上，被窥得内情的父亲呵责，“光自是改过，终身无逛语”……今天别说终身无诳语，多少人在乎这事都难讲。

三补趣味。同样是学知识，编课文者的趣味，直接影响到学生。作个比喻吧，杨朔和杨绛的散文完全不一个趣味。放在文学层次上比，也许不好断言孰优孰劣；但是放到趣味层面来论，对一个小学生，显然还是晓畅明白、自然平和要比浓墨重彩、一惊一乍更得体。但我们几代人就这么一惊一乍过来了。直至今日，小学课本里讲到植物还是这样：“春天，天气越来越暖了。阿静和爸爸妈妈在小树林中散步，细心的阿静发现树上有许许多多的小突起。这引起了她的思考。”再看老课本“草”这一课：“草，根浅而茎弱。硗脊之土，亦能繁殖。故山坡水涯，及崇崖峭壁，无不有之。春时草色青青，随处蔓延。秋冬，霜雪降，则茎黄而枯。其根及种子，伏于土中，次年复生，不假人力之种植也……”毋庸多言了吧，今天多少人有恶趣味？

先破迷信再朝圣

讲一本书的背后故事，其实不太招人待见。钱锺书有句名言到处传诵："如果你觉得鸡蛋好吃，还何必非要看看下蛋的老母鸡呢。"

不过我还是要讲。一来，钱这话文人气十足，是说文学读者不妨多读作品，少关心幕后作者八卦；而作者自己也该多以作品说话，别四处乱窜开会聚会。可是，《一步一如来》并非文学书，作者林聪也不是文人。二来，林聪本人以八卦见长，而《一步一如来》的核心所在，我看也正是八卦，不过不是东家媳妇西家妹子的八卦，而是拉萨一座座寺庙前世今生，以及老和尚、小和尚们的八卦。

要论与藏传佛教相关的八卦，能讲得过林聪的人肯定有，但不多。这个"果"当然招人艳羡，可背后许多

“因”，说起来也没什么了不起，但是需要十几年，甚至几十年如一日地坚持，真不是一般人能做到的。它包括：一、志趣所在，喜欢搜集；二、记性好，过耳目不忘；三、腿脚勤，每年数次入藏考察；四、有闲，生计不愁，大把时间可以糟蹋。

性格加阅历的原因，林聪兴趣极广泛。我在《百家姓》里写过他，一个营养学博士，一个高级SPA店的老板，第一个担任西藏转世者拉章的汉人，做过澳洲某夜总会的总经理、中国国企的高管、某慈善基金会的创始人……听听都够乱的，很容易被人误解成做事没长性。

可是十几年前，林聪发愿重修一座藏区寺庙。当时那寺庙只有一两间破屋，他几乎是从零开始，一点点募集善款，一趟趟亲自扑过去监工，数九寒冬，在山上盖四五床被子，忙时连续几天合不了眼。如今那寺庙蔚为大观，方圆几公里，殿宇林立，成了藏地名寺。这么看，林聪又是个特别有坚持的人。

有坚持，是因为有信仰。这个社会，声称有信仰者不少，能守护信仰、兢兢业业的人不多。曾有一次朋友间闲聊，说起信仰对各自日常生活的改变。林聪先是轻描淡写地说，也没什么吧，最大的改变就是饮食，从皈依佛法僧那天起，一个香港人不吃活鱼了。随着聊天的深入，他又补充道：常见的一个矫情提问是，如果父亲和师父同时遇难先救谁，原来想都不用想，亲人至上，现在呢，真的说不定。对，他只说“说不定”，在我看来，这是面对这个矫情问题最实在的回答。

能像林聪这样有信仰又有坚持的人虽然不多，但也还是有。不过与此同时有个普遍现象：很多人越信越迷信，人变得越来越呆，越来越教条，越来越不近人情，总之一句话，越来越不可爱。就拿去拉萨来说，于藏传佛教徒而言，当然带有朝圣成分，可很多人去了只知磕头膜拜，拜的什么、为什么拜一无所知。这种坚持，迷信的成分更大，和佛教要教给学人的正见、正行恰恰愈行愈远。

林聪这本《一步一如来》，正是破除这种迷信的一剂良药，表面看来它是一桩桩小故事，一个个小八卦；骨子里它会带你追根溯源，更深地了解拉萨这个城市、这个城市里的一些人，以及藏传佛教乃至整个佛教的一些来龙去脉。有这些内容打底，你的朝圣之旅会更丰富，更轻松，更接近“朝圣”的宗旨。更关键的是，你的朝圣之心才会鲜活生动，而不是死气沉沉。

至此我终于可以说，迷信固然呆、不近人情，但它只是表象而已，背后是一颗枯闷禁锢的心。而《一步一如来》这样的“八卦”之书，八卦同样只是一种表象，它的背后，是心的开放、生命的鲜活灵动。

三百年来伤国乱

大约从去年开始，到处刮起民国风。报刊版面上，不少“公知”撰文或者受访时都大赞民国；网络上，好多知道分子把一个又一个民国人物从坟墓里捧出来，给他们穿花衣戴高帽，夸到天花乱坠。这股风潮显然不单因为今年要纪念辛亥百年，更多的原因来自知识分子和知道分子们对当下贫乏生活的厌倦，甚至是厌恶，经过一段时间的积累开始爆发。

厌倦也好，厌恶也罢，都是情绪。一个成年人，或多或少会有这样的经验：情绪平和时的言行往往无悔，情绪激烈中的言行经常令人悔之不迭。网络上那些情绪极大、极不负责任的口号式民国风且不去管它，单看正式出版的报刊上不少“公知”的言论，也着实不乏在激烈情绪中丧失起码常识的语句。

举凡争议极大的人或事，往往不像夸得最狠的人夸得那么优秀，也绝不像骂得最狠的人骂得那么不堪，否则哪来的争议？也正因此，各项评选有个通行准则，即所谓去掉一个最高分，再去掉一个最低分。这是极简单的道理，可再简单的道理遭遇情绪激烈时，想得起来也不是件容易事。所以你看，就会有人这样设论、论证——民国时某某多清廉，可见民国的官场还有起码的仁义道德。这逻辑简直堕落到小学生不如的水平。怪的是，人在情绪中就能如是想，如是说，还很坚定。更怪的是，同样陷在情绪中不能自拔的人还群起附和。

然而民国风本身没问题。继往才能开来，一部民国史，因为共和国几十年来学术界之混乱，已经变得怪腔怪调，错讹无数，真假难辨。固然是历史就难免错讹，可是比起秦皇汉武唐宗宋祖来，民国史的订正谬误要紧迫得多，因为很多当事人还在，打捞还来得及。对待历史，尤其是民国史乃至整个近代史，更要紧的是踏踏实实的打捞工作，而不是貌似高屋建瓴的种种结论。

作家庄秋水就沉下心，两年多来一直在做这样的打捞工作。这项工作的初步成果是她的新著《三百年来伤国乱》。

本书是二十篇文章的合集，以1911年为界，之前十篇，之后十篇，写了三百年来二十个历史片段，绝大多数是以某一人物为核心，个别篇目的核心是个群体，比如“1911年的新军”、“无数战时青年”。人物的选择，我猜她是按自己的兴趣，只有极宽的一个框架，并无细密周致的计划，因为她在序言里说，“不是去研究历史，而是‘在历史中生活’”，要有“画面感”。这是一个作家在打捞历史，不是在做学问。也正因了这份作家的感性优势，这二十个历史片段被她打捞得格外生动。

生动是作家的特色，但在历史面前，生动又很危险。见过不少作家对历史肆意添油加醋、想当然，庄秋水凭着自己成熟的世界观和人生观，没有让生动凌驾于历史之上，她在尊重史实的前提下完成这份生动。读罢全书会发现，她写到的每一段史实都有根有据，更可喜的是，即便有了这些根据，她也没下任何结论，她只是呈现画面，带你走进这幅生动的画面，“越过时间和偏见造成的隔阂，去探寻他们的故事，体贴他们的情感，重新组织一段被历史因果和必然规律解释得支离破碎的人生”。

生动的呈现、不下结论，这是我心目中对待历史应有的态度。与之相反，妄下结论就会带来历史的迷雾，比如书中写到的鲁迅结论段祺瑞、毛泽东结论司徒雷登，当我们拨开重重迷雾再回顾，才发现历史真相完全有可能已被忽略了几十年。当然，还是前文说到的那个简单道理，如果你从此又一味把段祺瑞捧上天，把司徒雷登夸得天花乱坠，那就叫愚蠢。

第四辑

去时间的中心朝圣

有些好看的书，看的时候过瘾，读完回想竟很难描述。比如美国作家阿兰·莱特曼的《爱因斯坦的梦》，读时如漫游仙境，掩卷回到现实世界，突然发现在当今，竟然很难描述这样一本简单好看的书。

说它是小说，既没有七情六欲的人物，也没有起伏跌宕的贯穿情节，和我们日常看的小说判若两“说”。说它是随笔，又全属虚构，和我们日常看的张家长李家短、恨不得把身边人扒层皮的随笔判若两“随”。

不妨理解成，这部小说的主人公叫时间，贯穿情节是时间的自然流淌。简言之，它是一些有关时间的、虚构的、美好的字词句。

从另一角度，可以利用作者的身份和书名描述本书。

作者是个知名物理学教授，同时又在大学里兼教写作课。与此相似的是，书名里“爱因斯坦”是科学的代表，“梦”是艺术的象征。所以这本书脚踩科学、文艺两条船，鱼与熊掌兼得。

“时间”本身，即是鱼与熊掌兼得。它是科学，更是艺术。曾经去一个艺术家新居做客，因为知道她已多年没有新作问世，所以好奇地打探，到底在憋什么旷世之作。她羞怯地笑，拿出长长一卷竹帘。竹帘由上万个两厘米见方的竹片织成，每块竹片上，都有浓淡不均的墨迹。两三年的时间，除了吃饭睡觉简朴的日常生活之外，她每天用墨汁精心耐心涂抹这些竹片。墨随心，心浓时，墨浓，心淡时，墨淡，心乱时，墨飞散。

看着已经长达一百多米，而且仍将未有尽时的那卷竹帘，实实在在地感受到一个叫做“时间”的东西的巨大冲击。

《爱因斯坦的梦》里，此类冲击比比皆是。比如作者写道：时间像一个同心圆，一层层向四下展开，在圆点为静止，半径加长，速度加快。因此，爹娘和儿女、相亲相爱的人，会去时间的中心朝圣。爹娘搂定孩子，再不松开；恋人相拥相吻，手臂再不挪开，再不独走天涯，再不冒险犯难，再不嫉妒，再不移情别恋。而那些稍稍离开时间中心的人，倒是动的，但是速度和冰川差不多，梳次头要一年，接回吻要千年；回眸一笑的工夫，外面已春去秋来；搂搂孩子，桥已凌空；说罢再见，沧海桑田。至于时间外围的人，孩子迅速长大，远离父母，历经苦难，时间弄皱了他们的皮肤，弄哑了他们的嗓音；情人们很快忘掉千秋万载的约定，恶言相向，分道扬镳，在这弄不明白的世界里孑然终老。

就是这样，越简单的东西越有得琢磨，也越难描述。因为它们时时处处可见，却往往被我们忽视，比如时间、速度、山水草木、花开花落……反之，我们总也忍不住低级趣味，对那些貌似复杂的人世纷争投去关注的目光。

细微背后的悲凉

法国人菲力普·德莱姆原来是个写小说的，几年前在伽利玛出版社出版了他自己称为“短文集”的《第一口啤酒》，卖得很好，所以乘胜追击，又写了一本《被打扰的午睡》，再次荣登法国年度畅销书榜。读者称他为“细微派大师”。

所谓“短文”，其实有点像当年拉·封丹的寓言体，还有点像时下国内泛滥成灾的专栏随笔。可是，既然德莱姆凭此赢得“细微派大师”的国际声誉，显而易见，并非简单意义上的一本随笔集。德莱姆宣称，他在做一种文体实验，尝试所谓“细微主义”，大力倡导“细微之处见乐趣”的美学主张。

都上升到美学层次了，可见有备而来。所以他会极其轻松地一语道破“短文”与小说的区别：“小说是与正在度过的时间的一种关系，短文则是与人们想停止的时间的一种关系。”

概念是灰色的，只有文字之美常青。某个夏日，午睡未能合眼，随手翻开此书任意浏览，时间在模模糊糊地消磨。天气很热，整个世界像在热浪中飘浮。就那么看下去了，渐渐地，窗外汽车的声音被蒸发，忘了眼睛曾有困倦的迷离，感觉有潺潺清水在洗心，周遭一片静谧，有浓密树荫围拢过来，清凉来了。

那些不足千字的短文，写的都是日常生活里细得不能再细的事：钢笔坏了，一滴墨水洇透衬衣；网球场上，一场小雨突如其来；家里来客人，面包不够吃了；拥挤的地铁车厢，在裤腰带的高度观察近在咫尺的人……甚至细到只是一个表情：右侧的面颊微微向肩膀斜着……可是经过德莱姆精心的挖掘，和精到的描写，读者会像忙碌而疲惫的跋涉途中，突然片刻小憩，感受其实时时相随的明丽风景。

简洁是德莱姆最大的优点，从选材到文字，再到气氛，既准确写实又生动渲染，句句恰到好处，没有半点夸张。比如，无数人写过牙医手里那个钻头的恐怖，德莱姆是这样写的：“牙钻的声音从远及近而来，顺便唤起所有的从前的惧怕”，“您突然成了这种金属蝉在时间和空间之中的俘虏”。金属蝉，因为有飞动的意象，变得如此简洁明快。是的，明快，没有明快之感的简洁不是真正的简洁，只能是藏拙的一种小聪明，或者干脆就是故弄玄虚，甚至还可能是一种干枯瘦瘪。

中国有句老话，螺丝壳里做道场，德莱姆这些细微题材、细腻描述，很像这种情形。这也是他身处这一精细时代的不得已。好比中国的明清之际，只宜精雕细琢，“秦时明月汉时关”那般宏大意象，想都甭想。不过小小贝壳的深处，也能听到大海剧烈的涛声，透过这些细微末节，一样能体会某些巨大的内容，比如德莱姆始终关注的：时间。

曾经有人问德莱姆，他的那些“乐趣”，那些幽默诙谐的意义所在，他答道：那不过是消磨正在度过的时间和排遣某种郁闷的方式。随着人逐渐变老，他会越来越缺少快乐，那么，越来越有乐趣也就极为重要。

在一篇短文中，德莱姆还说过：人们就是在紧张的现在时中积极地沟通着，其实大家都是童年逃亡者，有着一点迷惘。仔细读这话，话里有无奈甚至悲凉。不过这也可能并非作者本意所在，而是我在这夏日的午后，清凉过分之后的矫情。

艾柯的轻与重

昂伯托·艾柯是著名的难懂。我在出版社工作时想引进他的代表作品《傅科摆》，遍求意大利语翻译，人人脑袋摇得像拨浪鼓。这位世界超一流记号学专家，在小说里布满名目繁多的陷阱，别说翻译了，读一遍下来也是懵懵懂懂，身心俱疲。但他就像一个古怪精灵，愈怪愈迷人。

所幸大师也有轻松的时候，也给报刊写写专栏。都是明明白白的句子，讨论一些身边琐事，比如补办驾照、咖啡壶、色情电影、出租司机之类。《带着鲑鱼去旅行》是这些专栏的一本合集。是本小册子，书名又这样轻松惬意，一切表征都指示着，这是一本“轻”书。

与这份“轻”截然相反，艾柯的小说一向既厚且重，本本像砖头。书名诡异，翻翻内页，打眼望去都是生冷地名人名。想当年，我最终只能将就出版了台湾的译本《傅科摆》，编稿时觉得，《外国人名、地名辞典》收录的词条忒少了。

在这轻重之间，有一层辩证关系。

艾柯的小说虽然重，但多是躲在一个犄角旮旯，斤斤计较若干世纪前某一偏冷问题，比如十字军。那情形有点像考古学家在野外挖掘现场，小毛刷子刷刷刷，仔细，钻研，小心，自得其乐。好多时候，他的小说更像学术论文，不过不是那种刻板的八股，而是一场有声有色的文字游戏。因为完全与当下生活无关，所以读这些小说仿佛置身世外桃源，被引发的，是智力游戏式的冲动。因此我说，貌似厚重，实则轻松。

这些专栏不同，它们直击现实生活，透过日常小事批评社会，嬉笑怒骂，尖损刻薄。我读此书常常脊背发凉，因为常有句子直触心肺，宛若揽镜自照，照出自己的生活有多无聊庸俗。比如刚刚连续接、打完几个没话找话的电话，就读到《罢用传真机》一文。艾柯说：我们其实每天都陷入信息的垃圾堆，传真机已经变成无聊信息的媒介，适合那些时间多得浪费不完的人。再比如，我刚刚贪恋时髦，从商场买回一个新品手机，就读到《我不在乎几点钟》。艾柯说：一块功能无比繁多，带着各种刻度的手表，就如同今天的资讯行业，因为提供了太多资讯，结果什么也传达不了。

《带着鲑鱼去旅行》有两大主题，一关于时间，二关于庸俗。我们一而再、再而三地耗费时间，结果离知识和教养越来越远，反而在庸俗的泥潭里越陷越深。这是这位睿智的哲人检查出来的我们当下生活的癌。所以我说，它貌似轻松，实则重如泰山。

历史可能是什么

如果有人有兴趣，可以做一项研究：一个作家或学者某本著作大获成功后，紧接着的下一本著作与前者的关系。多少内在元素沿用，多少得意之处发扬光大，其中又有多少是自觉行为，多少是因别人的赞美而于不自觉中兴奋地重复。

我是读《王氏之死》时想到以上问题的。作者史景迁原名乔纳森·斯宾塞，是当代最出名的几个中国通之一。1974年，他的第三本著作《康熙》出版后成了畅销书，大红特红。他的前辈、费正清的第一个学生，也是“中国人民的老朋友”白修德称赞这本书说：把学术提升到美的范畴。而整个史学界也从此开始注意史景迁历史研究的修辞策略，称他文体别具一格，剪裁史料别具慧心。四年之后，史景迁出版第四本著作《王氏之死》，突然放弃康熙、曹寅、汤若望、赫德这类重要历史人物的书写，转而选择了他们的绝对反面——十七世纪山东省郯城县一位普通妇女做主角，进而将“学术提升到美的范畴”这一点，发挥到极致。细加考察，史景迁历史研究的这一前行过程中，一定有些有趣信息值得深挖。

《王氏之死》是本历史学著作，第二章“土地”显示了作者深厚的史学研究功底，把明清改朝换代时期山东省乃至全国的土地、农耕、税赋等问题研究得明白彻底。可是，第五章“私奔的女人”等章节，又特别像小说，有时甚至是关于小说的小说——不断引用蒲松龄《聊斋志异》的故事，来书写妇女王氏的生活，故事套故事，特别像一部闹观念、闹想法的后现代小说。这种特色，正是史景迁最迷人之处，不妨称为极其感性化的历史。

可能任意一本书都不是偏理性就是偏感性吧，这没什么好说的。即便是学术研究，比如历史研究，也会有人偏理性，有人偏感性。偏理性的研究成果可能风格硬朗，筋骨稳健，但血肉稍嫌不足；偏感性的研究成果可能血肉丰满，感染力强，但细致严谨稍嫌不足，这也没什么好说的。难就难在既有筋骨又有血肉。当然，几千年前孔子就说，“质胜文则野，文胜质则史”，所以什么筋骨血肉兼得，也是陈辞滥调。不过，说的人特别多，但真正做到的人凤毛麟角。从《王氏之死》看，史景迁做到了。

平日读历史，收获的总是一些大而化之的宏观结论，还有一些大而无当的冷漠数字。这当然是历史书写的重要因素，不过我个人对此，总有隔靴搔痒之感，我于历史，是个普通读者，考据结论非我阅读目的所在，我最想知道的，是历史上的那些人，他们是怎么生活的，而且不是生卒何年、生平大事、年谱家谱之类的生活概貌，我想知道他们一日三餐都吃些什么、以何为生、业余时间如何打发、每日用度如何分配等等……而这些，我读过的那些历史罕见提及。别说明清之际了，就说这两年，盛刮半天民国风，离现代不过几十年的工夫，留下的历史，有政治经济文化各界名人的重重书写，但一个普通百姓，比如就说是山东省郯城县一个普通妇女，一日三餐如何、日常用度如何的信史，同样罕见记录。

《王氏之死》里有，因为作者对这些内容自觉地关注。所以他才会在此书的前言里提到："让人觉得讽刺的是，中国人对国史和县史的撰写至为周备，地方记录却多半未见保存。我们通常找不到验尸官验尸、行会交易、严密的土地租赁记录，或教区出生、婚姻、死亡记录之类的资料……"

最终史景迁凭借他的聪明，从一本县志、一本官箴和一本小说，钻探出一条通往郯城世界以及这世界里一个普通妇女的小路，从而复原了一段真实、生动的生活，和一个筋骨血肉俱在的人物。这样的历史书写不下什么结论，它只向我们展示，历史“可能”是什么。这样的历史，我个人最爱读。

一个画商的回忆

十九世纪末到二十世纪初，西方美术史上“第二次文艺复兴”。当时法国有个画商叫瓦拉德，因为生逢其时，得以接近塞尚、马奈、雷诺阿、德加、罗丹等一大批巨人。他写过一本回忆录，中译本书名很直白，就叫《一个画商的回忆》。对于美术史来说，它是一份珍贵的一手文献。

难得的是，瓦拉德不仅仅满足于卖画挣钱，按今天的说法，他还是个文艺中年，偶尔舞文弄墨，练就了一副好文笔，所以这本回忆录被我当成闲书来看，居然也看得津津有味。

书里当然少不了当时那些大腕的行状录，对待这一部分，瓦拉德用笔简约，草草几笔，却是稳准狠，一语中的，有声有色。并不注重文气的连贯，很少“因为……所以”

这样的逻辑关系，常常以这样的句式突然插入："有一次……"或者"有一天……"少了几分善始善终的呆板，多了几分信马由缰的快意。

草草勾勒不假，但非杯水风波。那些貌似趣闻逸事的小东西耐人寻味。把绘画视作自己"命中注定劫难"的塞尚绝情地毁掉自己苦心经营的作品；罗丹不顾崇拜者的哀求，将其雕塑砍得粉碎……不禁要想，怎么就产生了巨人时代呢，那是整整一代人把自己与劫难联在一起，对待自己"像秋风扫落叶"一样无情啊。可是现在，自恋成了大众情人了。前日读报，画家范曾在文章中说自己是"奇才"，"有绝艺在身"，还说"我的艺术终于遍列全球，为天下人瞩目"。真不好比。

瓦拉德也有点自恋的，所以这本书更多的篇幅留给了自己，写他一生的辗转奔波。写到这些内容时，瓦拉德完全换了副口气，从头说起，絮絮叨叨不厌其烦。不过读起来却并不烦，因为情趣盎然，时有妙笔。好比说他初到大城市马赛，看着屋顶上一根紧靠一根的烟囱，觉得像是几个人聚在一起，互相点头。写到这里，瓦拉德笔锋一转："后来，当我观看一幅立体派绘画时，我想这景象我曾经在什么地方见过，这便是地地道道的马赛烟囱管。"自恋得有意思。

这种自恋合情合理，本来就是人家自己的回忆录嘛。

要是光写那些大师，兴许又落个攀附名人的罪名亦未可知。

我读此书，不时想起海明威的《不固定的圣节》，写的上世纪二三十年代，巴黎一群文人的那场盛宴。把它和这本回忆录对照起来读，怎不叫人在艳羡的同时，追念往昔美好时光。

不可能完成的编造

项美丽，美籍犹太人，《纽约客》杂志专栏女作家。风华正茂的年纪，因为失恋到了上海。曾与宋家三姐妹交往，后来写过一本《宋氏三姐妹》。邵洵美，出版人，“新月派”干将，后世文学研究者又冠之以唯美诗人头衔。本人容貌以帅、洋著称于世。大家子弟，有同样以美貌著称的发妻。上海。上个世纪三四十年代。东方巴黎。上流社会文艺沙龙。霞飞路。日军占领。跨国恋、婚外恋。吸食鸦片。戒毒。沪、港、渝三地的奔波。

以上是《项美丽在上海》一书的概要元素，足够撑起一部三十集凄怆催泪的长篇言情电视剧。不过动了此心的电视工作者，看完全书会失望，因为它并非一本情节小说，而更像一部研究著作，引文压倒原创，注释盖过正文。想要凄怆的爱情悲剧，且得绞尽脑汁编造呢。

说到“编”，编造的编，正是我读此书的一点意外心得。

项美丽与邵洵美的爱情故事，七十年来已被编造得面目全非。据本书作者考证，一些当年的朋友在编造，一些后代研究者在编造，撰写项美丽传记的她的同胞在编造，写过邵洵美传记的他的同胞在编造；就连项美丽自己，按本书作者所言：“（在中国）五年的时光，在她九十二年的生涯中，只是短短一段，却让她写了那么多本书，写了那么多年。不过还是没能理得清她的中国之恋。”当然这是在讲恋情，但毋庸讳言，项美丽写自己也有好多编造。接下来的问题是：我们看完《项美丽在上海》这样一本书，尽管有那么多引文和注释，那么像一本研究著作，但是得到的，会不会不过是新一轮的编造？

编造本身很正常，每个人都有自由联想、创作的权利。我要说的是，对待编造，就只把它当做一个故事，千万别自作多情，将之与事实画上等号。这个起码的道理，其实很多人不明白。

常常，每个人都稀里糊涂却非常热衷参与编造，或者传播编造，却身在此山中而毫无省觉。所有故事中最强力焦点，便是情感。不妨静下心来反思，随着传播媒介的日益发达，每天在报纸、杂志、电视、MSN上，你参与了多少情感绯闻的编造与传播。可是情感绯闻，因为涉及的人数太孤寡，尤为私密，外人想要知道到底发生了什么，可能性到底有多大？

所以，对待一份别人的情感，你可以指手画脚说三道四，可以积极传播扩散，甚至可以跳脚谩骂，但是永远记住，你接触到的只是编造，事实真相到底如何，你根本无从知晓。项、邵之恋，其中的快乐、美丽、哀伤、苦涩、悲凉的真相，早与他们一起长眠地下，后世之人再写八百本书，不过仍是编造，与事实无关。

编造也有优劣之分。《项美丽在上海》是一部优秀的编造之作，一是因为，它对一切不负责任的胡乱传播持批判态度；二是因为，它没有标榜自己就是真相，而只是老老实实地“探求”真相。这样的编造态度还行。

罗斯的选择

《遗产》的作者菲利浦·罗斯是美国当代文坛巨匠，这位犹太裔作家像他很多同胞（比如马拉默德，辛格）一样，对人生苦难有着天生的特殊关注，一直在用小说这一工具，将一块块苦难的布料，剪裁成一件件精美的衣服。

如今一代巨匠也已步入晚年，不过，生老病死，他还只是到了老这一步，而他的父亲，正被疾病和死亡的阴影笼罩。

母亲去世七年之后，父亲突然脑子里长了癌。罗斯命中注定，要借父亲生命中最后一段时光，继续自己的苦难探究之旅。这次他放弃了最为擅长的小说形式，选择了纪实。这一选择意味深长。

从得到噩耗开始写起，作家只如实记录过程：接医生消息，给父亲打电话，但是想想还是当面说的好，“我相信，不管他怎样担心，让他等着，要好过我在电话里直接告诉他情况，让他孤零零地坐着在惊吓中等我到来”。仅此而已，没有渲染那一刹那内心的感受，如果那样，就太文艺了。

老人闻讯后的复杂心态可想而知，如何表达却又是另一回事。作家只如实记录过程：老人不停絮叨小罗斯如何因为急性阑尾炎差点丢掉小命、小罗斯哥哥的夭折，回想他自己过去种种疾病、手术、发烧、输血、康复、昏迷、守夜、死亡、葬礼。仅此而已，没有描写老人的沮丧、恐惧之类，如果那样，就太文艺了。

审视两代人的世界观、人生观冲突，是这一题材之下不可或缺的内容。对此作家这样写道：对父亲没有选择从窗户跳下去，既佩服又羡慕，因为自己曾经在低谷的时候，每天都想到跳楼。而父亲连做梦都不会想到这种解决办法。他只是记忆超常地泛滥，走在街上，每个门阶、每个小店，都扯出他的一堆回忆。“你不能遗忘一切”，这是老人徽章上刻的句子。仅此而已，没有设计精巧的细节、剑拔弩张抑或貌似深刻的对话，如果那样，就太文艺了。

事实是，得到噩耗时的无助，“孤零零”这个词表面在说父亲，实际是说自己，已淋漓尽致地表达。老人闻讯后，想用众多痛苦淡化自己的痛苦，那份恐惧纤毫毕现。两代人的冲突，一句“你不能遗忘一切”，再稳准狠不过。

看过太多文艺小说，包括罗斯自己的，里边对各种爱恨情仇有太多的描写和渲染，细节、对话无不精心设计；可是对照一切如实记录的《遗产》来看，那些爱恨情仇不过是些精巧的艺术品。如同再精美的山水画，放到实景面前肯定苍白一样，文艺就是文艺，它可能适合男欢女爱，适合苦闷焦虑，适合尔虞我诈，适合世态炎凉；但是在生老病死这样的真实人生之苦面前，一切文艺化的表达都显得苍白无力。

生老病死如同一棵大树的主干，是我们人生之树唯一的主题。而男欢女爱、苦闷焦虑、尔虞我诈、世态炎凉这些东西，都是我们自我作祟、盲人摸象的幻相而已，充其量不过是人生之树末梢的几根枝枝杈杈，不值得过多浪费笔墨，更不值花心思去琢磨。罗斯写了多年文艺的虚构小说，倏忽老之冉冉将至，在这一关头选择了纪实的形式，选择了生老病死的内容，在我看来，他为自己的作家生涯，也为自己对苦难的探究画了一个挺好的句号，可以从此再不拿笔了。

石黑一雄被低估

1989年我开始做文学图书编辑，对外国文学感兴趣，想引进外国最新最好的小说。那时尚无网络之便，国内报刊上介绍的外国小说，五年前出版的都属新到罕见。只好四处请教有资格看到国外最新资讯的达人。请教的结果，目标有两个，一是昂伯托·艾柯年前的新著《傅科摆》，二是日裔英籍作家石黑一雄的《长日将尽》。

十几年后，《傅科摆》的中国大陆版经我手出版，出得糟糕，至今有悔。石黑一雄则至今无缘。眼下我已离开编辑岗位，未来估计也难得机会再为此效力，因此读石黑一雄这本新著《小夜曲》时，心里有股旧日柔情在缓缓释放。这倒和整本书的调调相当匹配，使得本次阅读形式大于内容。

某日翻开这本印制精美的小精装，一个个清秀的汉字映入眼帘，随着石黑一雄不急不缓沉稳的语调，掀起一个个失意人生的小幕布，窥探世事之无常、人心之沉浮。时有微风轻袭，书页轻动时，一段故事已在一丝和缓的无奈中结束。书搁肚子上眯瞪片刻，醒来再读下篇。夜深人静读完全书，合上书，插到书柜里某一排书的列阵，心怀淡淡舒心和淡淡忧伤入睡，窗外有布谷鸟的叫声。一切都是淡淡的，故事、人物、词句，以及我的阅读。

如此抒情评书，本是我一直抵制的事，但对这样一本书，以及在当下读这样一本书，我倒觉得自有它的意义。生活节奏日益加快，我们的生活、我们的阅读已越来越粗糙烦躁、越来越斗志昂扬。很多人宁愿每天盯着微博，不停刷新，被陨石流一样的光怪陆离砸得满心是坑，也不愿哪怕专注一天，读一本小说。别说他人了，我就如此。

试试回到简单惬意的阅读时光吧，《小夜曲》是个不错的选择。全书不长，是个短篇小说集。我有多久没读短篇了？在这求大求全、遍地都是海量信息、随便什么人一写就上百万字废话的鸿篇巨制的时代，短篇小说更凸显其简约、隽永、精致。改变浮躁也要一步步来，选择一部短篇小说集开始，有点不说大话、先从切实可行处做起来再说的意思。

说起石黑一雄，很多人往往将他置于一横一纵的坐标系里描述。横坐标，他是英国文坛“移民三雄”之一（另两位是拉什迪和奈保尔。三人都是少年时代即移居英国，石黑一雄六岁，拉什迪十四岁，奈保尔十八岁）。纵坐标，他和另一位享誉世界的日本作家村上春树一样，都是日本人的骄傲，又都是爵士乐爱好者。

很多评家都会在这坐标系里，评判石黑一雄与另几位作家的相似与相异。在我读来，这个坐标系只宜用来判别身份，或者作为八卦谈资；从文学角度而言，他与另外两“雄”以及村上春树全不相干。无论创作理念，还是题材撷取、行文风格，他们各自独具光辉。不过从这个坐标系出发，倒有另一件事值得一说：对比拉什迪、奈保尔，尤其是村上春树在国内被读者追捧的热度，石黑一雄显然被中国读者低估了。

和国人眼下的阅读心态联系起来看，石黑一雄在中国被低估也在情理之中。石黑一雄小说面上总是很淡，淡到若不仔细看，会觉得是一个新手的小说习作。就拿这本《小夜曲》来说，初读这些故事，它们好像表情寡淡，措辞生硬，叙事单调；可当你沉下心来读进去，才发现结构精巧、貌似单调的叙事底下，深埋着一系列沉稳而幽默的对情感、背弃、动荡、幸福这些问题的沉思。一个简单的例子，石黑一雄说他这本短篇小说集，可不是写于不同时期的数个短篇的合集，而是有总体构思，“坐下来从开始写到结束”……而所有这些深埋的细致用心，你用一种粗糙、浮躁的心态去读，又如何能够领会？

别想摆脱书

听不少人夸一本书好，说是越读越慢，因为舍不得读完。我想分享一下自己对待好书的读法：非但不能慢，反而需越读越快，快速读完第一遍，翻回头再读第二遍，第三遍。如此能读到荡气回肠。不妨试试。

二十多年前，哥伦比亚作家马尔克斯和记者门多萨的对话录《番石榴飘香》，曾享受我这一读法。最近又有一本对话录，被我照此阅读，就是意大利作家艾柯和法国编剧卡里埃尔的谈话录《别想摆脱书》。

艾柯不必多介绍，近两年读书界炽热的名头。卡里埃尔大多数人瞧着眼生，不过列举他写过的电影就全明白了：《大鼻子情圣》、《布拉格之恋》、《屋顶上的轻骑兵》、《卡米耶·克洛岱尔》、《白日美人》……他还被戏称为电影大师布努埃尔的御用编剧。

二人专业不同，却有共同爱好：藏书。他们珍藏的西方“古籍善本”，无论质量还是数量，就算一些欧洲国家级图书馆，也难比肩。有出版商盯上这俩一辈子都在和书打交道的老头，奇思妙想地将之撮合到一起，分别在意大利艾柯家中，和法国卡里埃尔家中，围绕“书”，痛聊。

这场痛聊适逢其时。仿佛一夜之间，这世界被“电子”冲得四零八落，人快成了自己发明的各种高科技的奴隶。具体到书领域，电子书行将取代纸质书的论调甚嚣尘上。书，这一几千年来承担着记录历史重任的载体，好像随时会被挤出历史舞台。这时两个早已功成名就、隐居山林的老顽童重出江湖，恪尽自己一份责任。

开宗明义，俩人聊的头一个话题就是：书永远不死。再一路聊下去，“那些非到我们手里不可的书”、“我们对过去的认知归功于傻子、呆子和敌人”、“虚妄所向无敌”、“网络，或除忆诅咒之不可能”，大处有世界观、人生观的精当阐释，能帮读者号准这个被高科技异化了的世界的脉；小处有满天繁星一般关于书的各种典故、知识。而无论大小，都以一种分外轻松、幽默的语调，不急不缓地娓娓道来，就像听外婆讲故事。

一直觉得，好书的一大特点是不拿读者当学生，跟你玩填鸭式教学；它会拿你当朋友，和你一起讨论、商议，触发你去反思自己一些早已固定的思维，进而可能就会先破后立，建立起对事物全新的、更通达自如的一些认识。《别想摆说书》里，这类的段落太多了。

比如他们讨论到“伟大的作品往往通过读者而相互影响”，说塞万提斯深深影响了卡夫卡，这大家都好接受；但说卡夫卡同样影响了塞万提斯，这就需要进一步说明了。不妨想一下，如果我在读塞万提斯之前读过卡夫卡，那么通过我，并且在我毫不知情的状况下，卡夫卡必将修改我对《堂·吉诃德》的阅读。阅读这件事，说到底，是一切书被“我”阅读，一切阅读感受，无非是那书在我心中的一幅画面。人与书的关系，正如卡里埃尔所说，“我们打开书，它向我们讲述我们自己。因为我们从这一刻起真正地活着”。也正是在这个意义上，艾柯说，“《哈姆雷特》不是杰作，而是一部混乱的悲剧……不是因为文学品质而成为杰作，而是因为经得起世人的注释而成为杰作”。

电醒人心

有档电视节目叫“职来职往”，借鉴“超女”、“非诚勿扰”的节目形式，来做求职主题。一个个刚出校园的年轻求职者，接受场上十几位达人（知名公司的HR或者C什么O之类）的考试。

这节目看得我很崩溃，很多达人像是手中攥着些“模具”，求职者稍有出格，即刻灭灯。这本不奇怪，但凡一个组织，必自有一套条条框框；我的崩溃点在：达人们对自己手中模具之信服、之坚定，完全到了绝对盲目程度。

不过就是近四十年前，我们看电影《未来世界》，对里面整齐划一、全无个性的机器人世界惊恐不已；可现在，遍布城市每个角落的写字楼里，正是一些资深机器人管理着一些达人机器人，达人机器人再管理着一些喽啰机器人。

他们每个人的心目中都有个最核心的芯片：服从。

就在《未来世界》拍摄前后那段日子，美国心理学家米尔格拉姆正在倾尽全力，不厌其烦地做他的“服从实验”：在不知情的前提下，被试者以老师的身份，去测试另一组扮成学生的知情者背单词的能力。若“学生”答错，“老师”将通过一种经过伪装、效果逼真的仪器“电击”学生，答错一次，电压15伏；两次，30伏……直至450伏。这足以引发生命危险。

整个实验的详细经过，以及实验的诸多细节，都可以在《电醒人心》这本书里找到。这是一本米尔格拉姆的传记。

实验的结果是，绝大多数被试者不知不觉地陷入假设的权威旋涡，在“学生”的惨叫声中，一次又一次摁下电击的按钮，哪怕也会有犹疑，也会有不忍。

这就是被认作现代心理学经典之作的“服从研究”，它是后来任何一门心理学和课程必定纳入的课题。米尔格拉姆做这项实验的目的，并非旨在告诉世人，人类具有服从权威的天性，而是要展示这种服从倾向是多么强大。

米尔格拉姆是犹太裔，因此服从研究于他个人而言别有一层深意：服从与大屠杀之间到底存在着怎样的关系。他说：大家会认为，使用强烈电击伤害学生的被试者是妖魔，是社会中的极端虐待狂。但是三分之二的参与者都属于“服从”的范畴，他们代表的就是普通群众。这让人想起另一位杰出的心理学家汉娜·阿伦特，她曾研究犹太人大屠杀的主谋艾希曼，阿伦特坚持认为，艾希曼只是个平凡的官僚，坐在桌前做他的工作而已……在服从实验中，亲眼目睹数百名普通群众臣服于权威，会得出结论——阿伦特的“平庸的恶”如此接近真实，远远超过我们的想象。那些埋头分内工作、对自我角色毫无异议的普通人，会成为可怕的破坏性行为的媒介。

米尔格拉姆的服从实验距今已四十余年，它不断警醒世人，组织化环境已经成为现代社会的核心特征，而组织化中潜伏着一种内在的危险。按米尔格拉姆的说法，当个体“融入”一个组织架构时，这个曾经自主独立的人就变成了一个新“生物”，这个“生物”不再受个人道德观念的束缚，不再受人性的制约，其内心充满的，只是对权威的认可。

事实上，如今很多社会悲剧，都体现了个人责任如何在等级化组织中沦丧的现象，我们只需想想牛奶厂职工是如何听命于老板的指挥，将一箱箱毒牛奶送上我们餐桌的。

服从实验的深远意义远不止这些，不妨读读《电醒人心》这本传记，有详尽阐述。米尔格拉姆对现代社会另外一大贡献“六度空间理论”，在书中也有触及。该理论意指，你和任何一个陌生人之间所间隔的人不会超过六个，亦称“小世界理论”——正是当今最流行的社交网络的理论基础?

多讨论，少结论

国人关心政治的多，每天都能听到、看到涉及社会公平问题的种种争论。原来还写文章、写博客，长篇大论，立论，论证，结论；自从有了微博，这种争论愈加短兵相接，立论、论证基本被抛弃，一条条结论横着甩出来，稍有不合即大骂出口。

不该怪罪网友的轻浮急躁，生活节奏越来越快，有调查显示，对绝大多数现代人而言，一天之中接触到的信息量，相当于一百年前一个人七八十年的。因此，百年前的人们有时间有精力如虫御木似地思考，换作现代人，都练就一身蜻蜓点水的好功夫。

连思考都来不及了？那就少发点大而无当的议论，把那时间省下来读读书，看看仍在坚持如虫御木的思考者都思考到哪一步了，再发议论不迟。也许你就发现，你的那些小发现、小结论，早有人掰开揉碎了都嚼成馍渣渣了，你还当白嫩新鲜的美味惊喜不已、喋喋不休。比如就来读读《公正》。

《公正》作者迈克尔·桑德尔执教哈佛大学三十年，其中很长时间都在讲一门课就叫“公正”，据说它是哈佛历史上累计听课学生人数最多的课程之一。很多国人对他并不陌生，网上流传着很多他讲课的视频，课堂内容也早有粉丝译为中文。

桑德尔是个哲学家，但他不作那种从理论到理论的思考，他总是从特别具体的社会事件出发，先把读者引入一个两难或多难境地，让你难选择。再由此出发，带你一层一层抽丝剥茧，深入古往今来的历史、哲学、法律长河，引发你自己开动大脑去思考，让你自己去作判断。

书一开篇，作者就把我们带入一个两难境地。佛罗里达飓风之后，商贩肆意提高冰袋价格至原来的五倍，汽车旅馆房间上涨四倍，房主需要支付两万多美元，才能将两棵被风刮倒的树从屋顶清除……佛罗里达的居民被激怒了，连州检察长都说：有些人在灵魂深处是如此贪婪，竟然想利用别人飓中所受的灾难而发财。然而经济学家却表示：公众的愤怒是错误的，民众要求的是一个“正当的价格”，但这是中世纪的哲学家和神学家们信奉的准则，社会发展至今，早已抛弃了这一信条，市场经济中，价格是由供求关系决定的。对此，经济学家们也引经据典，宏篇大论，句句让人信服。

针对这样的两难困境，桑德尔并不给出任何结论，他只给你摆出各种可能性，以及这种可能性背后包含的深厚理论支持。但是，如果你把他理解成一个贩卖学问的掉书袋者就错了，他的贡献在于，划定一个相对全面、又不易流于空泛的范围，与你一起探讨“公正”。他说：“要看一个社会是否公正，就要看它如何分配我们所看重的物品——收入与财富、义务与权利、权力与社会、公共职务与荣誉，等等。而分配方式大致会围绕着三种方式进行：福利、自由和德行。”

福利、自由、德行这三个词汇贯穿全书，它们就像三个起点，从不同的起点出发，就会走向不同的道路，“每一种理念都意味着一种不同的考量公正的方式”。

随着思考的深入你会发现，沿着单一道路行进，公正与否很好判断，但这判断完全经不住诘难。而如果想“公正”地兼顾三条道路，几乎每一个两难境地，都让人无法轻易得出任何结论。至此再回到前文说到的“让你自己作出判断”，其实，这个判断也许就是“没有判断”。当然，简单粗暴肤浅的那些大而无当的判断，你尽可以继续一条一条地抒发，就像我们每天在微博上看到的那些，只要你愿意继续愚蠢。

桑德尔在本书后记里说，他的两个儿子“从能拿起汤匙的那时起，就已经开始在餐桌上讨论各种与公正有关的争论了”，想象一下，这真是一幅可爱的画面。我们这些成年人，面对“公正”问题，该向这两个孩子学习，多讨论，少结论。

大法官是这样炼成的

美国联邦最高法院是国家最高审判机构，由9名终身法官组成。建国至今，美国共有过112名大法官，他们被称为“法官中的法官”，其日常工作生活，在普通人眼里很神秘。

格林豪斯是《纽约时报》记者，按我们的说法，专跑联邦最高法院口儿的，一跑三十年。她仔细研读大法官哈里·布莱克门留下的分装在1585个纸箱子里的50万份文献，写了这本布莱克门的传记，为我们掀开这层神秘面纱的一角。

1959年布莱克门51岁生日那天，正式成为9人团队中的一员，直至1994年在白宫正式宣布退休。当时总统克林顿在布莱克门的退休仪式上对他予以盛赞，说他“充满人性的观点不仅体现在最高法院的多数意见中，在异议意见中也比比皆是”。读完这本传记会明白，克林顿单单摘出“人性的观点”来说，是“对症下药”式的赞扬。

布莱克门三十多年大法官生涯，参与审理3874起案件，其中影响最大的，是1972年的“罗伊诉韦德案”。最终大法官们以7票对2票，宣布德州禁止堕胎法的法律违宪，维护了妇女在堕胎问题上的自由选择权。

正是因为撰写此案判决，布莱克门被称为20世纪最为重要，也最具争议的大法官之一（《时代》周刊的评价）。“罗伊案”后，布莱克门一直在风口浪尖上生活，反对堕胎法的“生命派”痛斥他为“婴儿杀手”和“种族屠杀代理人”；被“罗伊案”判决改变命运的众多年轻女性，则将其奉为救命恩人和“女权斗士”。从此布莱克门外出开会或是演讲，都需警察维持秩序、贴身护卫。

论法律，论美国政体，我都是彻头彻尾的门外汉，但这本传记我看得津津有味，一是因为得以窥探一些著名案件的幕后；二是布莱克门“沉静而有学识”、“不落窠臼”的人格魅力吸引我。除此以外，隐隐贯穿全书的一桩友谊往事，更让我看得感慨。

沃伦·伯格比布莱克门大14个月，俩人幼儿园同班，两家隔着6个街区，一对真正的“发小儿”。两个明尼苏达出身贫寒的孩子，后来都学了法律，一度还要联合开个律师事务所。再后来，伯格先一步进入最高法院成了大法官。

没多久，由于他的力荐，布莱克门也成了大法官，而伯格则升任首席大法官。由于二人亲密无间，当时不少人略带讥讽地称他俩为“明尼苏达双胞胎”。就是这样一对发小儿，亦步亦趋的挚友+同事，最后竟为种种原因，渐生嫌隙，渐行渐远，终至反目成仇，老死不相往来。

别往同性恋方向胡思乱想，这是两个知识分子精壮大汉的友谊，辗转、深刻、耐人寻味。布莱克门留给后人的文献中，有惊人数量的与伯格之间的通信，以及同事期间互相传递的私密纸条。传记作者显然也将之作为布莱克门一生中的重要经历，予以深度挖掘，其中有政坛的你死我活，有友谊的如露如电、梦幻泡影，以及整个人世的沧桑流变。

法律是严谨的，甚至是严酷的，而友谊却是无比深情的，这本传记因为有了这二者一明一暗的呼应，显得格外有血有肉，细腻好看；而布莱克门这个人，也因这二者的互相映衬，显得格外丰富完整，越发令人尊敬。

本书译者何帆是知名青年学者，近年致力译介种种有关美国高法题材的图书，成绩斐然，如《九人：美国最高法院风云》、《批评官员的尺度：〈纽约时报〉诉警察局长沙利文案》等，从中可见他作为“青年学者”以外的另一重身份——中国最高人民法院法官，对中国的法治进步、司法改革的探索与思考，同样令人尊敬。

读　画

很晚才知道奈良美智的大名。先是听好几个人说，我们共同的一个朋友邹倚天，当年著名的“红衣少女”，特别像“奈良娃”。我以为是夸她面嫩，像日本少女的意思。后来有一天一伙人聚会，去的那人家里有个巨大的烟灰缸，浅浅的像个盘子，盘底画着个大头娃娃，眼角上吊，一副不服的样子，很酷。我说，这娃娃像邹倚天啊。朋友们异口同声略显不屑地说：对啊，奈良美智。

从此知道了奈良美智。知道后才发现，其实在中国，他的作品早已多处可见，咖啡馆、小酒吧、小饰物、报刊杂志上的插图……好多大头娃娃造型，或是小动物，形象不一，又风格一致，冷冷的，酷酷的，不服状。乍见很容易说它可爱，仔细一想又觉得不对，可爱总是和温暖、乐观这类形容词联系在一起的，但奈良美智的娃娃和小动物，和这些词语关系不大。

不少人评论过奈良美智，从艺术角度、哲学角度、心理学角度。一来可见奈良美智备受欢迎，拥趸者众；二来可见他笔下这些娃娃、小动物看似简单，实则颇有奥妙。不过此刻我无意对奈良美智作品再作分析，只想借他这本《横滨手稿》在中国出版的机缘，再来说说关于阅读的一点个人感想。

有一种阅读，叫此时无声胜有声，比如就像读《横滨手稿》。这本书，严格划分应该归到画册类，作者交给我们的全是画，一个字没有。这也能叫“读”么？

可以的。不少中国文人的笔记、日记中常有“读帖”一说，并不是指把一本字帖里的文章读下来，而是指读它的运笔、读它的间架结构、读它的气势、读它的筋骨，总之是一种更抽象地读。面对画册，当然也一样可以“读”。

只是这个“读”，和我们通常以为的“读”不大一样。通常以为的“读”，总是文以载道、求经国之大业这类的“读”；或者学以致用，求生存之道这类的“读”；再或者茶余饭后，求八卦一乐这类的“读”……总之都得白纸黑字，必有字词句牵着你抓着你，才叫“读”，一刻不见字就不踏实。

早年去吃个饭喝个咖啡，还不时看到晒着太阳、目光涣散发呆的人。现在没这景儿了，人人一落座就抱着各种屏幕，让那些黑黑的字迅速占据大脑内存。甚至听一个朋友说，坐地铁，手边没书没报，没个字看心里没着没落的，这时身边的人手机短信声响，他下意识地脑袋就奔那些方块字凑过去了。

听不少人说热爱阅读，在豆瓣上翻看他们的阅读记录，简直吓死人，一本接一本马不停蹄，我替他们算算，基本醒着的时候，都在看方块字，本本都是最时髦的书，最热议的书。我挺佩服这些人，因为想象了一下，我如果这么阅读，大脑早崩溃了。

如今资讯超常发达，对于爱阅读的人其实有利，随时随地可以进行阅读活动。可是，有利必有弊，弊处在于，我们的大脑太容易被那些方块字占满。面对真山真水的美景，我们居然会弃之不顾，而迷恋于网上的各种旅游攻略；面对一幅绘画杰作，我们居然会草草瞥了一眼，就去找各种文字介绍——就像有人拿到《横滨手稿》这样的书一样，不过只有十几幅画，草草翻一遍，十分钟足矣，剩下的时间，他们就扑向了Google，“奈良美智”，Enter。OK，成千上万的方块字奔涌而至。

能不能让阅读慢下来？除了方块字，也阅读一点包括绘画、书法、篆刻这类更闲散、空灵些的内容？我自己的体会是，这将非常有益大脑健康。我读《横滨手稿》一整个下午，读完神清气爽，大脑含氧量暴增。

色彩·自缚

土耳其作家奥尔罕·帕慕克2006年荣获诺贝尔文学奖。可能与幼时怀揣当个画家的理想有关，帕慕克对色彩很敏感，很多著作名称中都有颜色，比如《我的名字叫红》、《白色城堡》、《黑屋》等。他还出版过一本书，就叫《别样的色彩》，不过不是专论色彩，而是一本记录生活碎片的随笔集。他在这本书前言里说："过去我常讲，有朝一日，我会写一本碎片组成的书。这本书就是那样一本碎片组成的书。做成一本书，好把我从前试图掩藏的自我的内核彰显出来。希望读者也能这样，通过想象，将那内核组建起来。"——由此可见，他是用色彩譬喻人生这个大课题。

色彩本是视觉、艺术领域的分支学科，近年来随着学科之间跨界、混搭风潮四起，渐渐成为一门宏大的学问，书店里关于色彩的书籍摞成小山，从文化到心理，到艺术，到商业，到地理……

对此我个人不太以为然。曾经遇到一个年轻学者，问她研究什么，说是“搞色彩的”。很新鲜，愿闻其详。她就说了：色彩里的学问大了，色彩会左右人的心情，左右人的健康，甚至左右社会经济发展……见我听得发愣，她似得了鼓励，继续往深处阐释：你看明清两朝的色，虽然正，无奈切得太过细碎，就不如唐的色，全是大块。所以明清人细弱，唐时人多健朗。

我对色彩也颇有探究兴趣，也听说色彩是门大学问，不过这一席话听完，还是不禁心里嘀咕——如果研究课题都这么宏观，动不动一个朝代一个朝代地翻篇儿，不要也罢。太宏观的话，等于废话，因为太粗，不入心。

因此，当我看到日本人原田玲仁写的《每天懂一点色彩心理学》，看到作者像孩子搭积木一样，一块块小砖头不厌其烦往上摞，摞出一本色彩心理学的趣味书，当即喜欢。

尽管书里也不乏一些类似“英国文化”、“骑士精神”的大砖头，比如“世界各国的色彩感觉”、“颜色与性格的关系”，瞧着也够庞大；不过绝大多数篇幅在介绍一些有关色彩的基础知识，以及一些实在话题。基础知识比如颜色的诱目性、反射率、演色性等；实在话题比如为什么被子多为白色和淡蓝色、为什么在红房间里待着似乎比蓝房间里待着的时间长，还比如色彩与减肥……这些，我这样的普通读者爱看。

读完这本花花绿绿的书，了解了那么多色彩的故事、色彩的理论，反而突然大脑一片黑白。五色令人盲，视觉被强烈刺激久了，出现暂时色盲很正常。不过我倒因此想到了物理学上的测不准原理——最简化说来就是，一个粒子的位置和动量不可能同时被确定，也就是说，真正地观察一个对象是不可能的，因为观察这一动作本身也在影响着观察对象。那么，我刚才都看到了些什么？红、绿、蓝无非是人创造出来的概念，但它们时时刻刻无处不在地影响着我们的生命？我们喜欢拿自己捆着玩？

至此，不妨更上一层楼来看与色彩有关的书籍。《色谱大全》这样的书，是色彩专业书籍，普通读者不感兴趣；画册一类，是色彩的艺术化，引人赞叹，但它高居书籍金字塔的塔尖，看就是了，在它面前说什么都显多余；混搭风流行的今天，色彩与心理、色彩与商业、色彩与爱情之类跨界书最为流行，原因是它们貌似与百姓日常生活息息相关，谁都可来说三道四。除此以外，还有一类与色彩有关的书籍，它们通篇都与色彩无关，但是每个字都由内而外散发着浓墨重彩。

比如《诺阿诺阿——高更塔西提岛手记》。出生于巴黎的画家高更，在他四十八岁时，逃避法兰西和“恶的文明”，来到荒僻的塔西提岛，过着世外桃源一样的生活。此书是他关于塔西提岛的笔记以及一些图画的合集。书里没有专门谈论到色彩，但是只要读进去，有一种色彩会在你的大脑、你的心里喷薄而出，是金色，是“流金与阳光的欢乐”……它是如此美妙，以至我实在不忍在此作任何“书透”，去读吧。